透明水滴 著

夕陽無限好

如果自己的人生注定倒數計時，你會選擇什麼？

面對親情、愛情、友情、事業、財富，要如何取捨

才能訣別遠行，渡海天一線，泰然見領航……

C O N T E N T S

楔子

隔著計程車灰色的車窗看出去，天空還是藍藍的，藍的很深、很乾淨。楊茵茵默默想著，這種顏色就像那年在希臘邂逅的愛琴海一樣：明淨的寶藍色，閃著深邃的微光。可惜，這兒是地狹人稠的台北，藍藍的天伸展不了多遠，就被橫七豎八的高樓大廈，蠶食切割得零零落落、參差不全……

「小姐，殯儀館前面就是了。」

「謝謝，靠邊停車吧。」

楊茵茵從遐想中一下子被司機拉回現實，打開皮包付錢，才下車就覺得有點冷了。初秋的早晨，明亮的陽光中總透著一股淡淡寒意。一跨進靈堂，她看見郁如的相片就高高掛在前方花壇上，相片裡的臉因腎病已有些浮腫；蠟黃的面龐，浮著一抹若有似無的微笑。

楊茵茵深深凝視相片中那位從小就認識的朋友，也算難友。

「這就是妳想要的嗎？」

她輕聲問著，喉頭有些發哽。其實，答案早在郁如動手術時就知道了——

她記得，半年前，自己就坐在郁如的病床旁。窗外金色的夕陽餘暉，隔著玻璃靜靜灑了兩人一臉一身。郁如望著窗外，彷彿若有所思。

「茵茵，我記得第一次見到妳時，我十二歲，妳才十歲。那天張醫師宣布，糖尿病自助團體要來一位新的小朋友了。結果妳一來，渾身高級白紗洋裝，像個小公主，嘴巴還嘛得高高的，把大家都嚇得不敢跟妳說話呢！」

「是啊，時間過得真快，一轉眼十幾年就過去了。」楊茵茵眼神含笑地回憶著。

「郁如，妳真的決定動手術了嗎？胰臟移植手術全世界都還沒成功過，妳病情又控制得不錯，其實可以再多等幾年的。」

「等？我八歲發病，到現在十八年了，我的身體只會愈來愈差而已。從八歲開始，我就要每天注射胰島素、測量血糖、三餐計算熱量……茵茵，我真的厭倦了這種生活！」

郁如清亮的眼睛，直直看進楊茵茵的眼底。

「我們還能再活幾年？有尊嚴、有品質的再活幾年？我不要像那些病齡二十年以上的人，糖尿病的併發症都來了；最後每天靠洗腎度日，無聊地猜想，自己到底會死於哪種併發症：心肌梗塞？腎衰竭？中風？還是最噁心的腳部壞疽？」

楊茵茵聞言無語，默然起身走到窗前。窗外那輪火紅的、小小的落日把整棟醫療大樓都染紅了，每面玻璃窗都閃著燦爛的金光。「夕陽無限好，只是近黃昏」這句詩突然浮現腦海。或許有人一出生就注定「只是」一個「可惜」？美好的日子，總是那麼的短，就像落日轉眼就要沉入黑暗一樣。這公平嗎？

「茵茵！」郁如的聲音在背後響起。「胰臟移植手術是我們痊癒的唯一希望！雖然目前還無法克服手術後排斥的問題。但是，至少幾個月以內，我再也不必注射胰島素了！我要過幾天正常人的生活、完全自由的生活，即使只有幾天也好！」

「自由！」、「幾天的自由也好！」這些字眼在楊茵茵腦中轟然迴響著。她的思緒飄向窗外，飄得好遠好遠——她彷彿看見多年前那個穿白紗洋裝的小女孩，鬈髮披在瘦伶伶的肩膀上，老是用稚嫩的聲音哭喊著：

「媽咪，我不要打針嘛！」

「媽咪，我好餓，我還要吃東西！」

彷彿全身熱血上衝又冷汗直冒，她想從回憶中掙脫，卻又像浸在一潭霧濛濛的深水裡。水面上透著白晃晃的亮光，她想浮上去，但辦不到，始終只能在水底絕望地浮浮沉沉……

「茵茵！茵茵！」有人搖晃著她的肩膀，她驀地驚醒，渾身像觸電般直跳起來！張醫師不知何時已走到她的身邊，關心地注視著她。

「我很抱歉，手術失敗了。我知道這件事對妳，對自助團體的每個人都是很大的打擊。」

「張醫師，你放心，我沒事的。」楊茵茵溫文笑道，長長的睫毛一撦一撦的，在眼窩投下深深淺淺的陰影。

張醫師端詳著這個自己看著長大的病人，這麼多年來最合作聽話的病人，莫名不安的預感卻在心底漸漸擴大。

「郁如，妳自由了，真正的自由了！」楊茵茵默念說道；眼光投向靈堂上郁如的相片，浮起一朵飄忽的微笑。

第一部

夕陽無限好，只是近黃昏

1

周末，中午的台北街頭，川流不息的人潮、車輛令楊茵茵胸口有些發悶。經歷了折騰一上午的上香、弔唁等各種繁瑣儀式，離開殯儀館後，她就漫無目的地在街上閒逛。

「郁如的靈車也一定塞在這些車陣裡了吧？」楊茵茵心裡暗忖，心煩意亂地甩開臉上的瀏海。掏出手帕擦拭額上細細的汗珠，太陽是愈來愈大了。信步邁入騎樓遮陽，一位街頭畫家正在練習素描。畫家是位年輕女子，戴了頂俏麗的鴨舌帽，長手長腳地蜷在一張小小的帆布椅裡。楊茵茵隨意瀏覽掛在一旁的畫稿，多半是人像畫，畫得滿逼真的，有幾幅還刷上一層夢幻般的、淺淺深深的素淨淡彩。

注意到客人上門，江嘉陵停下手邊畫了一半的素描，抬起頭來。白皙肌膚滲著淡小麥色，一張勻稱的鵝蛋臉，綴著很有味道的單眼皮。她笑容可掬地詢問楊茵茵：

「小姐，要畫一張嗎？」

楊茵茵看了江嘉陵一眼，無可無不可地點了點頭，在江嘉陵對面的帆布椅坐下，胸前小小的星形項鍊鑽墜，在下巴投射出變幻不定的晶亮光點。

江嘉陵熟練的鋪好畫紙，開始觀察眼前的對象。客人潔白的羊毛衫配上剪裁合身的呢面長裙，把不高的身材襯托得十分修長。雖然有點削瘦蒼白，但臉部深刻的輪廓，倒真像擺在櫥窗裡精雕細琢的洋娃娃。

江嘉陵深吸一口氣，慎重拿起畫筆，在紙上淡淡描出一個小小的心型臉龐，加上可愛的圓尖下巴。客人及肩的波浪鬈髮隱隱閃著紅褐色光芒，和臉上褐色的大眼溶成一片深棕和暗紅色系。還有那副豐滿的、少見的菱型嘴唇，即使現在正僵硬緊閉著，天生漂亮的唇線還是顯得嘴角微微上揚。

江嘉陵瞅著楊茵茵，心底盤算著究竟表情要畫成微笑呢？還是就畫她現在繃著臉的樣子？天知道，肖像畫裡就屬嘴部最難畫，姿態多端又變化快速，連大師都很難畫得完美無瑕！偏偏客人千篇一律都要求畫出「迷人的微笑」，又沒法要求他十幾分鐘都笑成同一個樣子，真是傷腦筋！今天碰到這位客人倒也奇怪，儘是抿嘴看著遠方。也罷，就畫成沉思的樣子好了。

江嘉陵滿意的欣賞紙上的初稿，輪廓和明暗範圍已經確定好了，接下來要補足豐富的中間調子，再強調出人物的內在個性。江嘉陵偏著頭在整盒粉彩筆中猶豫挑揀著，對坐的楊茵茵卻臉色愈來愈白了，手指開始微微發顫。這時，江嘉陵突然心頭一動，想來個大膽的藝術嘗試——她用斑點狀筆法，將肖像遠遠近近裝飾上金黃色的亮點，整個畫面頓時燃燒起來，燦爛光采四射！

太成功了！江嘉陵驚喜凝視這幅自己的創作，感動得鼻頭發酸起來——四周「嘩啦啦」的圍觀人聲愈來愈大，打斷了她的陶然自得。一抬起頭，天啊！不知何時，客人已經虛脫地癱在椅上，臉色慘白，豆大汗珠一顆顆爬了滿臉，雙手還顫巍巍地抖個不停……

江嘉陵驚跳起來，一把推開畫板，膝上各色畫筆七零八落的掉了滿地。

「小姐！小姐！妳怎麼了？」

江嘉陵惶急搖撼楊茵茵的肩膀。楊茵茵無神地看著她，虛弱地指著皮包，江嘉陵會意地猛點頭：

「找藥？藥在皮包裡？」她打開那只精緻皮包，手忙腳亂地翻前翻後——奇怪，沒有藥呀？

楊茵茵勉強撐著伸出手去，抖索索的從皮包翻出一個小袋子，江嘉陵馬上接過袋子把它打開。

——方糖？裡面沒有藥，只有幾顆方糖？

她狐疑的把糖遞給楊茵茵，楊茵茵飢渴地連吞三顆方糖後，竟然深吁一口氣閉上雙眼了。

完了！完了！江嘉陵抓住楊茵茵搖個不停。

「小姐，妳醒醒啊！要不要叫救護車？」她正想叫圍觀的人去打一一九，楊茵茵竟慢悠悠張開眼，踉蹌起身拿了皮包就走。

「喂！」江嘉陵瞪著楊茵茵跌跌撞撞的背影，忽然想到，客人畫還沒拿呢！她轉身倉卒地捧了畫就跑！

「喂！小姐，妳的畫！」

人呢？騎樓裡人來人往的擁擠不堪，竟有本事一轉眼就走得不見蹤影？江嘉陵往街上一望，看見楊茵茵正在街邊伸手攔車。她氣喘吁吁地趕了過去；一輛計程車「咻」的一下在楊茵茵身旁停住，楊茵茵昏亂上車，卻聽見車窗「咚、咚」的響個不停。

她望向車窗，看見江嘉陵敲著窗子，比手畫腳講個不停。下意識地搖開車窗，畫隨即被塞到自己手中。楊茵茵向司機揮揮手，站在車旁的江嘉陵什麼都還來不及說，計程車就已急駛而去。馬路上煙塵滾滾，只留下江嘉陵一人錯愕佇立街頭。

背著畫板、畫冊，還提著一大袋的作畫工具，江嘉陵辛苦擠下公車，結束一下午的街頭生涯。漫步在回家必經的小巷，腦海裡浮現出今天畫的幾幅作品；她搖搖頭，自己素描的基本功還是不夠紮實。天色暗了下來，離家愈近，她覺得走路的腳步就愈沉重。輕手輕腳開了大門，忽然耳邊傳來尖聲怪叫：

「大畫家，妳回來啦！」

江嘉陵嚇得頓了一頓，忙回頭看，原來是小妹！高她半個頭的小妹，正在一旁得意欣賞她被嚇的樣子。江嘉陵鬆了口氣。小妹周六下午居然沒和同學出去玩，乖乖在家待著？看來今天日子特別，一樁樁的怪人、怪事全讓自己給碰上了！

「妳怎麼會在家？」江嘉陵一面把袋子放進房間，一面隨口問著。

「人家要考試了嘛，放學後就回家看書囉。」念專科的小妹嬌聲嬌氣地嚷過來。「姐，我好餓喔！家裡都沒飯吃耶！」

江嘉陵匆忙走進廚房，東翻西找一陣。媽什麼菜都沒準備，只好作蛋炒飯囉！正在打蛋作飯，小妹晃悠悠的進來倒果汁喝。

「姐，爸媽每個星期六下午，和社區那些老人去爬山有什麼樂趣？亂無聊一把的！還是妳去街頭畫畫好，又好玩又有錢賺！」

江嘉陵好笑的看了她一眼。

「那也不一定！今天就有一個客人還沒畫完就跑了，後來過了好久我才想到：錢還沒收呢！」她邊攪蛋邊想：自己那幅人像畫畫得真好；既然客人忘了拿，就該自己私藏下來才對！

「姐，為什麼客人還沒畫完就跑了？」小妹聽得一頭霧水。

「我也不知道。好像是中暑了，就趕快叫計程車回家了。」

江嘉陵突然停下手邊動作，認真地問小妹：

「妹，中暑時需要吃方糖嗎？吃了會舒服一點啊？」

「姐，拜託妳不要那麼沒常識好不好！哪有人中暑吃方糖的，真是笑死人了！」小妹眼睛瞪得大大的，一轉身拿著果汁就樂呵呵的出去了。

好不容易張羅完兩人吃了飯，小妹在看電視，江嘉陵收拾碗筷妥當，全身倦怠地坐在書桌前。唉，總不能躺上床去睡覺吧？爸媽本來就不高興她上街畫畫，她才特別挑周六下午二老不在家的時候出去，讓他們眼不見心不煩。要是他們待會兒回來，看見她一下午出去畫畫太累了，早早就關燈睡覺，肯定心裡又要犯嘀咕了！

「辦正事，做正經事要緊！」江嘉陵心裡默念著提醒自己，挺直背脊，翻開桌上的有機化學實驗手冊。星期一要帶同學做實驗，自己得先準備一下。揉了揉眼，看著手冊裡琳琅滿目的藥品、儀器、實驗步驟——

步驟一：將3.0克的混合物（含苯甲酸、乙醯苯氨及對氯苯氨），倒入125ml的錐形瓶中，用25ml的乙醚溶解，將此溶液經由漏斗倒入分液漏斗中。

步驟二：以5ml的乙醚洗滌錐形瓶再倒入分液漏斗中。
步驟三：以20ml的5%HCl水溶液萃取一次……

江嘉陵看到這兒已經是頭暈腦脹，打了個呵欠，什麼都不記得了！她振作一下精神，抽了張白紙出來，用尺認真的開始畫萃取流程圖，要清楚標出每一個步驟的藥品、用量、產物……

一陣倦意襲來，她揉了揉眼，又打了個呵欠，視線逐漸模糊渙散——苯甲酸、乙醯苯氨、對氯苯氨慢慢從面前的白紙浮起，手牽手跳起扭扭舞了——江嘉陵昏昏沉沉的不停點頭。點一下、抬起來、再點一下，這次頭伏在桌上不動了。

滿室燈光熒熒，房外電視的罐頭笑聲模糊地傳了進來。

2

「瑋君，我來了！」

江嘉陵笑容滿面地跨進實驗室，直亮的烏黑長髮在腦後梳成馬尾，隨著她輕快的步子一顛一顛地跳著。

「妳來了，把今天的藥品分一分吧。」瑋君回頭淡淡打了個招呼，又轉身繼續專心寫黑板，短短的赫本頭顯得很有精神。漂亮的實驗流程圖正逐漸橫跨整個黑板，白、黃、紅、綠各色粉筆詳細標示出步驟中的每個細節。江嘉陵穿上白色長袍的實驗衣，心想瑋君總是這麼早到，下次自己也早來一點好了。

江嘉陵小心的把這次實驗需要的藥品擺在講桌上，又忙著調配待會兒要用的各種溶液，寫好註明濃度和名稱的標籤，端正貼在盛溶液的燒杯上。這時學生已三三兩兩走進實驗室了，有的談笑，有的還在低頭苦趕上次的實驗報告。瑋君嚴格規定，本次上課鈴響終結以後才交的上次報告一律零分。T大是著名的國立大學，校風自由。對於一向紀律鬆弛的T大學生而言，實驗課不但是少數幾個不能蹺課的學科，還是各種繁瑣規定特別多的課程。

「噹、噹、噹」嘹亮的上課鐘聲響徹整棟實驗大樓。在長達十幾秒的鐘聲裡，學生們還在爭先恐後的往講桌上「投擲」上次的實驗報告！鐘聲停止後，瑋君撿拾著散落一桌的報告，整齊堆成一疊收好。這班有機化學實驗課是藥學系和醫技系的大三學生，近百位的學生個個穿著白袍，分組靠著實驗桌整齊站好，實驗室一下子變得生氣勃勃起來！

瑋君拿起名冊開始聲音洪亮地點名。江嘉陵望著一張張青春洋溢的臉孔，心底掠過一絲羨慕憐惜的複雜情緒。自己也曾經這麼年輕過！同樣是T大的學生，那時念化學系的自己，整天只想懶洋洋地賴在校園裡吹風、看天、看雲、看變幻的樹影，就這樣慢慢消磨蹺課的午後時光……

那時的自己，喜歡偷空跑到野外畫畫寫生，最不情願上的就是實驗課！昏天黑地的在實驗室待上三、四個小時；結果，只得到一小撮實驗產物和幾個數據！

不過，畢業後的自己，年紀變了，心境也變了。畢業後研究所沒考上，做了一年教授研究室的助理，隔年終於如願考上母校的化學研究所。念碩士以來，她反而感謝起從前那些無聊的實驗課，磨熟了她實驗的各種基本技巧，使得現在作研究能應付裕如。如果一切順利的話，今年碩士二年級念完應該就能準備畢業了。

瑋君點名完畢後，開始講解本次實驗。她不但是博士班的學生，也是江嘉陵同研究室的夥伴。看著瑋君一絲不苟地解說繁複精密的實驗過程，江嘉陵心想：瑋君天生就是適合作研究的，不像自己粗心大意，常出些意想不到的紕漏。

「各位，實驗是求真求實的，希望大家數據不要依照標準值造假。你們應該知道，自己做實驗的結果不會那麼準的！」瑋君的話引起台下些微的哄笑聲。「好了，開始實驗！」

滿屋學生霎時戴起白口罩，忙忙碌碌地動了起來！江嘉陵指揮值日生把冰筒和蒸餾水擺在講桌前，就袖著手到各組去巡視了。隨著時間慢慢地推移，實驗室裡有幾組學生已經陸續做完先走了，剩下的人還在努力奮鬥。雖然戴著口罩，江嘉陵還是感到整個實驗室內有機溶劑的臭氣瀰漫四處。天花板的抽風扇賣力抽個不停，似乎也沒有多大效果。吸進這麼多毒氣，看來學化學的人想長命很難。

江嘉陵偷閒靠在桌旁，看著瑋君正在專心批改學生交來的上次報告；自己偷撕下桌旁一張廣用試紙，浸入燒杯的溶液中——嗄！變橘色了，好玩！再撕一張浸入另一杯裡——哇！變綠色了，真好玩！廣用試紙會隨酸鹼度變化出彩虹的七種顏色，當初設計這試紙的人真有藝術頭腦！

「江助教，本人謹代表T大，控告妳濫用公物！」

她一驚回頭，原來是在隔壁帶有機化學實驗課的羅賓安。每次遇到認識的人，羅賓安總會無限誠懇地說：

「哦！請不要叫我羅賓安，叫我羅賓就可以了！就是那個俠盜羅賓漢的簡稱——羅賓！」

其實，羅賓安胖胖的，細皮白肉滿月臉，根本不像中古帥哥羅賓漢，反而長得滿喜感的。江嘉陵拿下口罩，笑著斜睨他一眼：

「羅助教，本人也代表T大，控告你擅離職守！」

羅賓安苦笑著攤開雙手，故作無辜狀。

「我哪有？只不過來隔壁切磋觀摩一下嘛！」

「你上次來這『切磋觀摩』的時候，你的學生都差點把實驗室給燒掉啦！」

羅賓漢聞言猛搖手。

「太誇張了！憑他們的功力，哪能製造出什麼大爆炸？只不過是一點小火苗，用濕抹布一蓋就OK啦！」

「是啊……」江嘉陵順勢補上：「他們這些大學蘿蔔頭哪比得上你羅大準博士！你學成以後，就是國內工業廢水的分析專家了！」

羅賓安聞言果然頗為得意。

「對啊！像我，學環境分析；像妳跟瑋君，走藥物化學，這都是熱門的路子嘛！」他越說興致越高。「妳看，像我們系上有人在做氪原子的激態化學。天啊！妳問問看妳的學生，有幾個知道這是什麼名堂來著？」

一直在旁不吭聲的瑋君，突然頭也不抬地響起一句：
「這種做稀有元素的，都是不發則已，一發沖天！說不定哪天氪元素忽然熱門起來，研究的人就是鼎鼎大名的氪元素雷射專家了！」
羅賓安被瑋君搶白一頓也不以為忤，嘻皮笑臉地湊過頭去，好奇打量她手中的那疊報告。
「怎樣，今年學生中有沒有奇葩出現，表現超水準啊？」
瑋君朝羅賓安和江嘉陵詭異一笑，翻出一份報告遞給他們。
「喏，這人不錯！」
江嘉陵細看報告學生的名字：十二組，藥學系，江杰——和我同姓？好特殊的名字……那份報告的字跡俊秀清朗，曲線圖不像一般學生用手畫的，而是用電腦畫得精細準確。回答問題也看得出查了英文文獻，豐富充實，確實是一份水準以上的實驗報告；但奇葩似乎還算不上？咦，報告末尾還附了一段像詩的文句……
「給我看嘛！」羅賓安在旁邊吵個不停，真搞不過他。江嘉陵把報告遞給他。「你先看吧。」
羅賓安把報告上下掃了一遍，忽然挑起雙眉。
「喲！妳聽這報告最後附的一段——」

他富有舞台表情地朗誦起來：

「下午燦爛的陽光中步進實驗室，埋首苦幹彷彿才一瞬間，手握那一小撮奮鬥出來的實驗產物粉末，步出實驗室時驚覺竟已黃昏。每一次，自己都會被迎面撞上的暮色驚了一驚！時間——在實驗室中彷彿靜止了；就像傳說中的神仙洞府，洞中才一日，世上已七年。那麼，自己手中握的這一撮粉末，應該就是凡人從那洞府中竊取的天機吧！亟欲解開自然萬物中內蘊的規則，這似乎就是化學家與上帝之間永恆的角力與爭鬥。」

江嘉陵聽得一楞一楞的。一篇硬梆梆的科學報告，居然用一段這麼感性的文句來作結？難得學理的人還有這份閒情逸致，有意思！

羅賓安哈哈大笑，把報告還給江嘉陵。

「不錯，確實是『奇葩』，有夠奇！」他看了看錶。「兩位再見，我得走啦！」

江嘉陵目送羅賓安有點臃腫的背影，搖搖擺擺地走了。實驗室的學生愈來愈少了，只剩下兩組還在繼續奮鬥，在青白的日光燈下顯得有點冷清。她步出實驗室，卻意外一頭撞見滿天金黃的夕陽餘暉，溫柔灑在室外的長廊上。她想起了適才那份報告末尾的文句；想起了上課時才下午兩點，灼亮陽光白花花地刺人眼睛。一進實驗室就不見天日了，拼命趕著進度。真的，感覺上才過了一會兒，實驗室外竟已暮靄四合了。

她放下馬尾，任習習晚風吹拂過肩的長髮。倚著長廊，滿心感動地欣賞璀璨瑰麗的天邊彩霞。嗯，江－杰－看來不只名字特殊，人也應該滿特別的。滿天雲層漸漸由金黃褪為橘紅，再轉為詭譎深沉的靛藍——江嘉陵再也想不到，江杰，這個名字、這個人，將在往後的一段歲月裡，支配著她的喜怒哀樂、悲歡離合……慢慢的，雲際殘陽隱沒，長廊四周漸漸浸入沉沉的黑暗中。

3

周六，台北東區，豪華的橢圓形辦公室，地上鋪著進口米白波斯地毯。臨街一整排落地玻璃長窗，明亮氣派地俯瞰車水馬龍的商圈大道。

楊茵茵坐在厚重的核桃木辦公桌後，雙眉深鎖盯著明年春季「瑪麗亞」的服裝目錄。只見她兩道秀眉愈皺愈緊；突然，嘴角一撇、纖手微揚——「啪！」目錄呈一道優美弧線，摔落在米白地毯上！她拿起另一本「紐約客」的春季目錄，翻了幾頁，鼻子「嗤」的一聲——「紐約客」也隨即飛往「波斯」，水平降落在「瑪麗亞」難友的身旁。

「亂七八糟！」楊茵茵暗咒一聲，從坐椅站起臨窗而立，注視街上時髦女郎匆匆來去。現在台北人的穿著品味不比紐約、巴黎差，流行脈動絕對和全球同步，明年春季目錄居然還搞成這樣！「紐約客」是全球知名的美國品牌，由衣魔公司掌握整個東南亞代理權已經多年，目錄至少要做得跟其它國際名牌的水準一樣！「瑪麗亞」是最近五年公司全力發展的自己品牌，精心企畫的市場強棒，打算捧成本土名牌再進軍海外、大陸。沒想到，目錄居然做得跟本地雜牌服飾的水準沒有兩樣！

楊茵茵伸出食指輕劃玻璃長窗，窗上映出對街整棟方正的高級大廈，淺玫瑰紅的指甲在窗上刮出刺耳聲音。今年秋冬目錄出爐時，位居藝術指導的她已然反映過不滿；想必製作目錄的設計公司仗著有企劃部頭頭的後台關係，才敢依然置之不理！她眉峰一揚，食指緩緩切割著對街大廈，縱橫交錯；隨即計上心頭，嫣然微笑起來——快中午了，打電話去紐約那邊正值深夜。算了，晚上再打。

主意既定，楊茵茵彎腰拾起可憐的「紐約客」和「瑪麗亞」，把目錄擺進皮包，打開大門「砰」的一聲走了出去。

江嘉陵托著腮，在紙上速寫街頭即景。今天飄著毛毛細雨，難怪逛街人潮減少，以致畫攤生意清淡，中午到現在還未開工。在她快速移動的炭筆下，紙上漸漸浮現街道、路樹、流線型的車子、高矮不一的行人……突然，一輛白色賓士「刷」的一聲停在畫攤旁，衝破了街頭畫面的平靜。江嘉陵看見一個身穿淺灰套裝的女子開門下車，不覺心中一驚——是她！就是那個…怎麼這麼巧？

楊茵茵下車走過來，含笑注視江嘉陵。

「妳好！」

江嘉陵有些不知所措的抬頭望著她。

「上禮拜很抱歉，忘了付錢就走了，事後我回家看到畫才想起來。」楊茵茵俐落地掏出錢來。「喏，這是上次該付的錢，謝謝！」

江嘉陵接過錢去，囁嚅發問：

「妳……上次忽然中暑了嗎？」

楊茵茵一楞。

「中暑？」隨即會意過來，微微一笑，長長的睫毛噗哧閃動著。「對啊，太陽實在太大了。」

江嘉陵看著楊茵茵，臉上流露真誠的關心。

「現在好多了吧？」

楊茵茵看著江嘉陵的表情，不覺心中一動。她點點頭：「嗯，謝謝。」

楊茵茵眼睛掃過江嘉陵掛著的其它畫作，不論筆法、用色都很賞心悅目。更難得的是，沒有一般畫家筆下常有的那股匠氣——突然之間，一個念頭電光石火閃至腦海。

「小姐，請問貴姓大名？」

「江嘉陵。」

「很好聽的名字。」楊茵茵頓了一頓。「江小姐學美術的？」

江嘉陵靦腆地笑了。「學化學的。我現在在T大一面修碩士，一面當助教。畫畫只是從小就有的興趣而已。」

楊茵茵有點意外。「學化學的？還能畫得這麼好，很不容易！」楊茵茵從皮包抽出兩本服裝目錄，連同自己名片一併交給江嘉陵。

「江小姐，我是衣魔公司的藝術指導楊茵茵，這是我們公司明年春季的服裝目錄。這本『紐約客』走的是比較率性自主的套裝風格，『瑪麗亞』則是搶攻目前市場供應比較缺乏的小禮服客層。」楊茵茵翻開幾頁讓江嘉陵參照。「目前流行復古，所以這兩本裡的服裝是走改良式巴洛克的風格，但又加進一些現代都會的摩登感覺。我覺得，如果裡面模特兒的背景用模糊的繪畫處理，應該更有精緻感性的復古情調。」

楊茵茵說到這兒停了下來，看了看江嘉陵。

「江小姐，如果是妳來做背景處理，妳會用什麼手法來表現呢？」

江嘉陵楞住了。她翻開手上目錄，一頁頁仔細觀察。目錄裡金髮和黑髮的模特兒，穿著一件件剪裁典雅精緻的高級時裝，用色則為巴洛克時代的華麗色系。「紐約客」的背景是歐式感覺的街道，「瑪麗亞」則是棚內作業，模特兒手上拿著燭台、銀酒杯等復古道具——如果是我，我會如何來做背景處理？江嘉陵陷入沉思，過了一會兒，臉上漸漸浮起笑意。

「我想，『紐約客』的背景我會用水彩來處理，看起來比較符合套裝明快俐落的感覺；但採用復古色調突顯出套裝設計上的特點。」江嘉陵越說越興奮。

「至於『瑪麗亞』，裡面的小禮服每件都好美，我好喜歡！我想背景用油彩處理，讓模特兒就像是巴洛克時代完美的油畫肖像一樣！」

江嘉陵愛不釋手的繼續翻閱著。「這些小禮服真的好漂亮，在哪裡有賣的呢？」

楊茵茵展顏而笑。「目前賣場還很少，我們正計畫擴大推出。因為有些場合感覺穿洋裝不夠正式，但買一件禮服又太華麗了，適用場合太少，不划算。所以我們設計推出介於洋裝和禮服之間的小禮服，更周到地滿足客戶的需要。」

「江小姐，妳願意把剛才自己的構想，畫成幾頁讓我們公司參考嗎？或許，我們有合作的機會。」

江嘉陵驚訝地看著楊茵茵，後者一副認真誠懇的樣子。她抿著嘴想了一下：最近研究室不太忙，應該抽得出空。她爽快點點頭。

「好啊，我很樂意！」她拿出一張紙，寫上自己的姓名和聯絡電話，遞給楊茵茵。「楊小姐，我大概兩個禮拜後會畫好，到時再跟妳聯絡好嗎？」

「好的，到時候見！這兩本目錄我就留在妳這兒了。」

江嘉陵興奮目送楊茵茵上車離去。楊茵茵扶著方向盤，愉快超越一輛又一輛並行的車子——真想不到，事情有出乎意料之外的順利發展！繪畫風格的目錄鐵定能讓消費者眼睛一亮！楊茵茵微瞇著眼：三舅那批人想冷凍我，把我調到他們的地盤企劃部做閒差事藝術指導，我就索性「指導」個夠！她右腳使勁一踩油門，車子旋如脫韁野馬，把所有東西都遠遠摔到腦後。

白色賓士緩緩滑進陽明山一幢豪華別墅，一位四十開外的矮小婦人一看見楊茵茵進門，立刻揮手大叫：

「小姐，妳可回來啦！下班後不直接回家是上哪兒去了？」

「上禮拜六匆忙回來，忘了給那畫家錢，今天把錢送過去。」楊茵茵進門後把外套一脫，舒服癱在牛皮沙發上。婦人聽後眼睛一亮。

「說到那畫，已經裱好送回來了！」她喜孜孜的把畫拿來，用桐漆木框裱裝得很漂亮。「小姐，妳看！那畫家把妳畫得真漂亮！沉思的樣子好有氣質！」婦人對著畫左顧右盼，越看越得意。「這畫可真巧，跟妳替太太照得那張相片好像啊！」

倚在沙發上的楊茵茵頓時好像被針刺了一下。她皺了皺眉頭，站起身來往樓上走。「顧媽，我有點累了，上樓睡一下。」

顧媽漫應一聲，雙眼還陶陶然盯著畫瞧。「嗯，這畫多棒！把咱們小茵茵畫得跟個仙女似的！」突然她想起什麼，忙轉身對著空蕩蕩的樓梯向二樓喊著：

「小姐，妳吃過午飯沒有？別又像上周六誤了午餐，差點在街上昏倒了，多危險啊……」

顧媽話還沒說完，樓上就不耐煩地拋下一句：「早吃過了！」隨即「砰」的一聲，傳來房門關閉聲。顧媽搖搖頭，自顧自地嘟囔著：

「這邊小姐嫌我煩，回家去兒子、女兒也嫌我囉嗦，真是的！人生了嘴巴就是要講話，不講會退化！」

顧媽把畫像小心安放在客廳茶几上，搔了搔已有些花白的頭髮，轉身進廚房去了。寬闊氣派的客廳頓時歸於沉寂，陰暗幽涼。茶几上肖像中的少女被畫裡眩目的金光圍繞著，憂鬱凝視落地窗外陽光燦爛的花園。

4

「快點！快點！」

江嘉陵踩著腳踏車騎得飛快，長長的頭髮在風中亂舞，嘴上還不停催促自己。昨晚熬夜看巴洛克的畫冊，今天一早又進研究室忙，弄得中午一睡就睡過頭了，真是的！

閃過幾輛路上的腳踏車，總算趕在鐘響之前騎到實驗大樓。抓起背包衝到實驗室，往講台一望，龐大的實驗流程圖已赫然佔據整個黑板，瑋君正在調配今天要用的溶液。江嘉陵趕過去對瑋君說道：

「對不起，午覺睡過頭了！」

瑋君好笑的看著她。

「沒關係。妳……要不要把頭髮梳一梳？」

江嘉陵伸手摸摸頭髮，散亂糾結，大概樣子看起來很狼狽？伸伸舌頭，自己也忍不住笑了出來。換上實驗衣，拿出梳子梳理頭髮；學生已經三三兩兩走了進來。今天做蒸餾實驗，本來上次還想著今天要早點來，多幫瑋君做點事的，唉！

好不容易，學生開始各自就序做實驗了。江嘉陵踱到講桌旁，看見桌上整齊一疊瑋君改好的實驗報告。江嘉陵忽然心中一動，故做若無其事狀對瑋君說：

「這疊報告我順便幫妳拿去發。」

她捧著報告逐桌分發，愈接近十二組，心情竟莫名的愈緊張期待起來——

「關掉開關！哇，快關掉！」

十一組發生一陣小騷動，江嘉陵快步趕了過去。只見桌上的蒸餾瓶漲滿氣泡，正霹啪作響的洶湧翻騰。幸好學生應變得快，把熱源關掉，處理正確，溶液漸漸冷卻平靜下來。她一看就曉得是應該加熱前放進蒸餾瓶的沸石，學生在加熱以後才想起忘了放，臨時投進瓶裡的溶液，才會上演這麼「精彩」的一幕！

江嘉陵吸了口氣，正想對學生板起臉來——

「助教，剛剛就是書上提過的突沸現象？」只見學生一面擦拭溢了滿桌的溶液，一面發問。

江嘉陵「嗯」了一聲，聲音聽來軟弱。「下次忘了放沸石，要記得書上講的，關掉熱源等溶液冷了再放。」

江嘉陵說畢掛著和善的微笑走了。報告要發到第十二組了，她定了定方才被攪得有點混亂的心情，把「江杰」的本子放在實驗桌上，偷著眼瞧誰會來拿？一個在桌旁專心固定冷凝管的男孩直起身來，拿走了本子，冷不防和江嘉陵打了個照面——

他長長的身子比江嘉陵還高上一個頭，一頭濃黑的頭髮有點亂。白口罩把整張臉都遮住了，只剩下一對好看的眼睛，和頭髮一樣又深又黑……

江嘉陵有點心虛地轉過身去，指導別組學生控制蒸餾速度，調整熱源維持每兩秒餾出一滴。身後聽到有人嚷著：

「江杰，你怎麼搞的？固定了半天的冷凝管還夾歪了！」

她趕緊揣著報告迅速離開，覺得心臟「咚、咚」跳個不停。太反常了！江嘉陵搖搖頭，繼續穿梭在一片白袍白口罩的忙碌學生群裡。

拖著一身疲憊，江嘉陵躡手躡腳走進總圖書館的書庫。快六點時所有學生才做完實驗，又督促著值日生把實驗室打掃乾淨，江嘉陵覺得現在滿鼻子都是剛剛那股有機臭氣。她心裡估量著再到書庫借幾本西洋畫冊，待會兒晚上在研究室裡，就可以利用實驗空檔翻閱。明天一整天沒課，剛好可以開始動筆畫目錄了！

書庫的書架從地板直達天花板，一座座的書架把空間隔成許多狹長的甬道，各色書籍分門別類擺在書架上，常因年久無人翻閱而鋪滿灰塵。整間書庫靜悄悄的，只有走過甬道時才驚覺原來有人正在書架前駐足翻閱。

「哎，找到了！」江嘉陵小心的從書架上取下厚重的畫冊，雖然很舊了，可是還是滿有參考價值的。她又踮起腳來想再拿一本——從書架上書本的空隙間，她看到書架對面隔壁甬道的年輕男孩，正低著頭專心看書。聽到她窸窣的拿書聲，年輕男孩忽然抬頭；她覺得那對眼睛好熟悉，難道是——

「砰！」一個閃神，想拿的書從手指落到地上；她慌忙蹲下去撿，眼皮子下看到一雙男用球鞋朝她走來，筆直的，就停在自己面前……她簡直不想站起來了——

「江助教！」頭頂上響起這句陌生的聲音，江嘉陵慢吞吞地站起身來。面前的男孩正用濃黑大眼直直看著她，挺直鼻梁下的嘴巴略小了點兒，不過線條卻很剛硬。

「好巧，江助教，在這裡碰到妳。」男孩綻開可愛的笑容，黝黑膚色頗有夏日陽光的味道。江嘉陵有些侷促不安，不知如何應對。

「對了，江助教一定不認得我。我叫江杰，是江助教有機化學實驗的學生。」

「我認得……」江嘉陵脫口而出，江杰有些詫異地看著她，江嘉陵簡直恨得想打自己嘴巴。

「嗯，因為……好像今天我才發過你作業嘛！」江嘉陵心虛地解釋著，頭越垂越低，看到江杰手上捧的書。書上有一大片草原，幾頭獅子懶洋洋地伏在那兒。

「書上照片很漂亮，這是哪兒的風景？」江嘉陵不自然地笑著，指著書對江杰說。

江杰收回注視江嘉陵的目光，定定看著書上照片。

「這是非洲。非洲的大草原，還有草原上的獅子。」

「噢……」江嘉陵覺得無話可說，有點尷尬。她夾緊手上畫冊，微笑對江杰說道：

「我資料找到了，那我先走了，再見！」江嘉陵轉身離開。她沒察覺到：江杰的眼睛，一直在背後深思地注視著她。

抱著畫冊走進研究室，江嘉陵心裡猶然怔忡不定——江杰，藥學系三年級，那應該快二十一歲了？嗯，自己比他大上四歲……算了！環顧四周，空無一人，只有滿屋子冷冰冰的儀器，還有各式各樣的瓶瓶罐罐，堆得研究室像間陰暗的破倉庫。她有些失落的在實驗桌前坐下，看看手錶：七點半了。嗯，可以做兩個半鐘頭的實驗再回家。翻翻實驗資料，深吸口氣，集中精神——動手囉！

忙碌了一個多小時，第一項實驗產物終於出爐。江嘉陵滿意看著這撮漂亮的棕色結晶，稱重結果是一點四零克。她抽出一張紙開始計算，化學式、公式和數字爬滿整張白紙後，產率終於計算出來了：百分之七十八。不錯，實驗成功！

現在得等冰浴攪拌三十分鐘才能進行下一步驟。看著機器穩定均勻攪拌著溶液，應該不會出什麼問題才對。江嘉陵放心翻開畫冊，比照著服裝目錄。一幅幅莊嚴又華麗的巴洛克畫作，該如何和現代服飾融合搭配呢？

江嘉陵閉起眼睛，腦海逐漸一片澄明空白，升起這幾天研究畫冊的許多感覺。她努力把這些不成形的感覺拼湊成完整的畫面；一有所得，就在白紙上速描下來。速描結果愈積愈多；她細心比對這些速描，凝視著目錄，喜色漸漸浮上眉梢——抓住了！抓住這次繪圖的方向了，就這麼畫！俏皮地轉著筆，整個身子輕飄飄的，她簡直要高興地哼起歌來了！

一轉頭瞥見攪拌器——慘了！輕飄飄的身子頓時重重跌回地面！抬腕看錶，果然，早已過了五十分鐘……怎麼辦？她抱頭呆坐，欲哭無淚；眼看之前二個小時的實驗忙碌全都泡了湯——重新再做一次？時間不夠。收工回家？又實在心有未甘。左思右想——對了，乾脆今天在這熬夜做通宵，多趕些實驗進度，好空出以後幾天來專心畫畫，就這麼辦！

走過去「叭噠」一聲把攪拌器關掉，順帶對它做了個鬼臉。江嘉陵心底盤算著，得先出去打通電話回家報備，再順道帶罐咖啡回來提神。她伸了伸懶腰，打了個呵欠，自己鼓舞著自己：加油啊，夜還長的很呢！

5

今天一早，衣魔公司上下就瀰漫騷動不安的氣氛；大家交頭接耳的談論話題，都圍著昨天下班前紐約總公司來的那份傳真打轉。聽說傳真內容和下一季的目錄有關，董事長讀完傳真後大發脾氣，看來今早的業務會議企劃部準倒楣了！

「怎麼搞的！」企劃部經理臉色鐵青，緊閉的經理辦公室還有副理和兩名專員。副理是經理的太座，兩名專員都是副理娘家的親戚，人人神色凝重。

「紐約總裁比爾是個空心大老倌，底下人麥可說什麼他就信什麼。我們一向把麥可打點得好好的，為什麼這次會突然冒出個程咬金喬丹出來？」經理搓著手皺眉思索，他老婆已經大咧咧地嚷了起來：

「喬丹？他是美國有名的服裝攝影師又怎麼樣，台灣還不是連名字都沒聽過！他在派對上多嘴多舌的跟比爾說咱們『紐約客』東南亞目錄拍得太爛是什麼意思！他想討好比爾讓他來拍是不是？門兒都沒有！」

「聯絡了麥可沒有？」經理轉頭沉著臉問專員。

「昨晚緊急聯絡上了。」專員戒慎回答：「麥可說喬丹名氣很大，又把目錄哪兒拍得不好說得很具體，所以比爾一聽就很信他，還把麥可削了一頓，責怪他沒盡到監督好台灣代理商的責任。」

「嗬……為什麼人家大攝影師無端端插手管這樁閒事？」經理沉思出神。「難道是…」他猛然縮口，副理已若有所悟，激動咆哮起來：

「一定是楊茵茵那個臭丫頭！仗著自己在美國攝影圈有點名氣，勾結她的攝影師朋友喬丹，吃裡扒外來捅咱們出氣！」她歇斯底里地數落起自己丈夫：「我看你這三舅是白當了！睜眼瞧瞧你外甥女幹了什麼好事！」

企劃部經理忍耐地說：

「妳這一大篇全都是臆測之辭，沒有真憑實據。待會兒在業務會議上通通端不上台面，說了也是白說。何況老頭心疼女兒若容，妳也清楚。若容的女兒茵茵有老頭這層私心擋著，妳動得了嗎？」

他看了看錶。「不早了，我們先到會議室，在會前向各部門疏通一下，關照待會兒開會別讓我們企劃部太難看。」他回頭提醒專員：「昨晚趕出來的補充資料別忘了一起帶去分給大家。」

經理懸著心進入會議室，他太太還在後頭一路低聲咕噥著：

「老頭成天就念著若容、若容，不過就沒了丈夫，又生了個病女兒，也值得心疼成這樣，讓她十幾年霸著業務線不放……」

正嘀咕著，只見「老頭」已赫然端坐在會議室裡；她忙收了口，堆起滿臉笑花。

「爸——呃，董事長，這麼早就來了！」

董事長威嚴地橫了企劃部副理一眼，沉著聲說：

「人差不多到齊了，今天有重要事討論，現在開始開會吧！」

楊茵茵坐在桌邊優閒看著開會資料，副理狠狠掃了楊茵茵一眼，悻悻然在丈夫旁邊坐下。

冗長沉悶的會議開始，環繞會議桌的人們各懷心事，卻又裝得一臉正經的樣子。面對紐約總公司的責難，董事長的不滿，企劃部獨力為可憐的目錄百般辯解，列出各種補充資料、別家廠商目錄，來證明本身目錄的優越性。其它各部門冷眼旁觀，欣賞著好戲上演，只差沒有落井下石而已。楊茵茵坐在那兒，靜靜看著這一切——家族企業果真複雜險惡，這就是媽媽打滾了半輩子的地方？

「茵茵，」董事長指名詢問：「身為企劃部的藝術指導，我想聽妳以攝影的專業眼光分析一下。」

「是的。」楊茵茵眼神清亮環視全場，沉穩報告道：「我剛進公司不久，很多事還需要學習。不過，就商業攝影而言，基本要求是色溫正、焦點準、濃度佳、反差好、沒有變形，這些條件目錄的攝影師都做到了。」

在座企劃部眾人聞言後鬆了口氣，臉上緊繃線條緩和不少。

「但是，」楊茵茵接著開口，企劃部眾人又緊張起來。「這些只是基本要求而已。目錄的致命傷在於：攝影師沒有更進一步表達出作品的『個性』與『創意』，也就是沒有充份表達出主題意識，令觀者印象深刻，發揮出廣告效果！只是一堆美麗的模特兒穿著漂亮衣服擺姿勢，給人的感覺稀鬆平常，看過就忘了！」

楊茵茵垂下頭，嘴角微撇。

「也不能怪攝影師不用心，這其實是個人功力深淺問題而已。」楊茵茵拿出一疊資料，遞給董事長。

「這些是我對今年秋冬目錄表示不滿，詳列須改進之處的傳真，還有製作目錄的設計公司的回覆。想不到明年的春季目錄仍然出了紕漏，真是令人遺憾！」

董事長低頭看著資料，臉色越來越沉。企劃部經理、副理倆對楊茵茵恨得牙癢癢，卻莫可奈何。只見楊茵茵又抽出一疊資料，兩人正驚疑不定之際，楊茵茵開口了：

「國內服裝公司像我們一年四季都製作目錄的非常少見，因此衣魔可說是設計公司罕見的大手筆好客戶。可是……」她故意停頓了一下，有意無意間瞟了企劃部副理一眼。「我依自己的攝影經驗替目錄估了一下製作費，發現設計公司可能有浮報開銷，也就是『吃錢』的嫌疑。」

企劃部副理聽了心頭一刺，看來設計公司有自己股份的事，楊茵茵這丫頭早就知道了？這丫頭現在年紀還小，想必將來會和她媽媽一樣厲害；到時母女聯手，咱們夫妻倆在衣魔還用混嗎？副理心頭火越燒越旺，悻悻然送過一句：

「想來『藝術指導』的意思，是說要和設計公司解約，另覓高人囉！」她眉梢一挑，聲音尖利起來：

「聽說喬丹是妳的『好朋友』，我看乾脆找他算了，讓他撿這現成便宜，也不枉費他挑撥比爾半天灑的口水！」她眼珠一轉，繼續若有所指地說：「要不然，就找藝術指導自己開的那家攝影設計公司也不錯！」

楊茵茵聽後毫不動怒，意態悠閒地翻著開會資料。董事長不快地哼了一聲，轉頭向著業務部副理：

「對這件事，業務部的看法怎樣？」

「嗯……」業務部副理清清喉嚨，讓會議室內小刀小箭四處亂竄的情勢緩和一下。「企劃部是業務部的後援，目錄製作效果不好確實會影響到業績，也會傷害到品牌形象。不過關於這次風波，業務部倒有個來自美國的內線消息……」

會議室眾人都被挑起好奇心，企劃部經理夫婦也暫時忘了自己的憤怒豎耳傾聽。

「據接近麥可的人說，兩、三年前他還在別家公司的時候，曾經擋過喬丹一筆金額龐大的財路，所以喬丹一直懷恨在心。現在麥可跳槽到『紐約客』，又成了上司比爾跟前的超級紅人；看來喬丹這回根本就是誠心找碴，坍麥可台的！我們只不過是被風波掃到而已。」

會議室頓時一片窸窣細語聲。董事長沉吟不語，半晌才說話：

「不管是不是紐約方面的個人恩怨，看來目錄製作品質不佳是事實。」董事長威嚴地看著企劃部經理。「和現在的設計公司解約有困難嗎？」

企劃部經理悶悶作答：

「應該沒有……」

「好。」董事長接口下去，掃視全場一周。看到楊茵茵時，他心底泛起溫柔的複雜情緒：這孩子，太聰明了……又要強，和她母親一個樣子。

「那就和現在的設計公司解約。下次會議由企劃部藝術指導另提新的創意構想，春季目錄『紐約客』和『瑪麗亞』都要重新製作。散會！」

董事長站起身來，走出會議室，有些心力俱疲。在董事長蒼老的背影後，眾人魚貫走出。楊茵茵和業務部副理一前一後，彼此迅速交換一個會心眼神。他們沒注意到，身後正有兩雙銳利眼睛，默默注視著他們。

時針和分針交疊在一起，令人討厭地高舉著。「中午了。」楊茵茵知道自己該走了，周六下午每個月一次的糖尿病自助團體聚會今天舉行，但她仍舊賴在辦公室的椅子上。想到才經歷一上午的會議硬仗，又要開赴一下午的無聊聚會就令人厭倦卻步。這次雖然喬丹幫忙是出於個人恩怨，但還是得再打通電話向他道謝才行。下次要提新的創意構想，不知道江嘉陵畫好了沒？腦子裡霎時千頭萬緒一齊湧來，楊茵茵搽搽頭，讓自己清醒一下。拿起茶杯往休息間走去，得洗洗茶杯，準備離開了。

冤家路窄，企劃部副理正在休息間大吐今早開會的苦水。楊茵茵放緩前進的腳步，看著副理的背影，兩人目不相接卻彼此心知肚明。

「唉！」副理誇張地嘆口大氣。「告訴你們，人啊，真是生不起病！有人生病了不但拖累自己，還拖累了別人……」

楊茵茵鎮定地洗著杯子，旁觀眾人一片靜默。

「說起男人也真沒良心！自己女兒有病，就連老婆也不要了……」有如一劍狠狠刺向心窩，楊茵茵臉上血色迅速消褪。副理覷眼偷瞧，繼續說道：「唉！不過總歸是自己生的，能怪誰呢？」

咬緊牙根，楊茵茵關掉龍頭，把杯子倒滿咖啡。

「幸虧自己能幹爭氣，女強人一個，也把女兒拉拔大了。」楊茵茵持杯前進，副理的話在耳邊嗡嗡作響。副理一轉身，眉開眼笑。

「哎，茵茵，妳來了！」

楊茵茵掛上微笑，腳下一絆，霎時副理一身的義大利純白毛衣套裝，潑灑上濃黑黏稠的發燙液體，沿著衣擺成條奔流而下，像極了畢卡索的抽象傑作——副理尖聲怪叫；楊茵茵為「意外」道歉，願意賠償損失；其它眾人忙著潑水拿布往副理身上招呼，休息間一片混亂！一轉身，楊茵茵清脆拋下一句：

「三舅媽，對不起，我有事得先走了！」

咒罵喊叫聲漸漸從她耳邊淡去，一齣精彩插曲就此落幕。

時針由最高點緩緩向下跌落，整個下午楊茵茵都渾渾噩噩，不知身之所在。如果企劃部副理在公事上不是個精明的對手，在窺測人心上卻肯定是個厲害的女人，才能一舉擊中楊茵茵心底最深的痛處。

自助團體聚會時，楊茵茵就一直木然坐著。團裡一位女孩要結婚了，臉上漾著幸福喜悅的笑容，成為大家恭喜祝福的焦點。至於一個月前郁如的去世，則是大家有意無意極力避免的話題。張醫師明白，病人們脆弱的心靈，經不起一再的打擊。但，團裡一個人從此消失，就當是泡沫掉入大海，乾脆假裝從來不曾存在過？

楊茵茵再也控制不住內心發酵的情緒；她眉峰一揚，笑著吐出一句：

「恭喜，婚後打算生幾個小孩？」

周遭道賀聲嘎然而止，準新娘臉上的笑容瞬間僵硬。簡單一句話，輕鬆戳破了歡樂卻虛假的聚會氣氛，空氣變得尷尬而沉悶。楊茵茵覺得有絲快感、有些後悔，內心情緒複雜翻騰不已——為什麼自己要這麼做呢？是今天太累了？為郁如打抱不平？或許……自己根本是在嫉妒？

這念頭讓楊茵茵悚然一驚。在場很多病友都是從小就認識的，她有些愧然。楊茵茵回想起自己十歲發病前，每天都又餓又累，食量很大卻日漸消瘦。放學回家常常倒頭就睡，終於有天一睡不醒，在昏迷中被送進醫院，才確定患了少見的胰島素依賴型糖尿病。

父母又著急又困惑：糖尿病不是中年以後才會得的病嗎？當時年輕的張醫師耐心解說：糖尿病是一種遺傳性疾病，大多數中年以後才會發病，本身胰島素分泌正常，只要注意飲食、服藥就能控制病情，讓血糖穩定。但胰島素依賴型糖尿病不同；這型患者只佔糖尿病人總數約十分之一，多為幼年發病。病童胰臟中分泌胰島素的β細胞被自己體內的免疫系統當成敵人，逐漸遭到攻擊破壞。當β細胞被消滅殆盡後，病童發病；從此自己無法分泌胰島素，終身都須每日注射胰島素來延續生命。

楊茵茵記得，當她在病床上醒來時，第一眼就接觸到張醫師那抹溫和的笑容。他熟練地哄她打針，對她說：「我們每天都吃進好多好多糖，全靠身體會分泌好朋友胰島素，我們才能利用這些糖當作能量，有力氣做好多事情。當我們用不了這麼多糖時，好朋友就把它們搬到適當地方存起來。我們想用的時候，好朋友再把它們搬出來。這樣的話，我們血裡的糖才會永遠保持平衡，不會太多也不會太少。」

但是，張醫師指著針筒對她說：「現在妳身體裡沒有好朋友了，針筒裡的東西就是好朋友。妳只要每天乖乖的早、晚餐前各注射一次，它就會在身體裡幫妳工作，一切都沒問題了！」說到這兒，張醫師猝不及防地插下針頭，她痛得放聲大哭。爸媽臉色猶如被判了死刑；媽媽嘴唇慘白，爸爸雙眉緊蹙。一想到心愛的寶貝女兒從此終身無法痊癒，不禁心如刀割。

張醫師在病榻前講的只是光輝的前奏，楊茵茵後來漸漸了解，前奏之後還有冗長反覆的樂章。注射胰島素、嚴格計算控制飲食攝取量與運動量，這一切都是為了維持血糖的穩定平衡。然而，人類雖然成功提煉出豬、牛的胰島素來維持病人的生命，但畢竟無法完美模擬天然胰臟的功能，可以隨時保持血糖的恆定。因此，病人體內會長期處於高血糖的狀態。高血糖造成血液黏稠，進而產生血管硬化，使心臟、腎臟、神經、足部和視網膜多年後都發生可怕的病變。這些併發症，是病人心頭揮之不去的夢魘；也是讓他們受盡折磨後，終於撒手人寰的原因。科技的進步，真的會帶來幸福嗎？還是，等科技再進步到能成功移植胰臟的時候——那是胰島素依賴型糖尿病病人痊癒的唯一希望。

有關糖尿病的遺傳性研究還有許多謎團待解，但楊茵茵的父母雙方只有外婆的家人曾患過糖尿病。因此，楊茵茵的媽媽被罪惡感緊緊攫住了——小小年紀的茵茵，憤怒、焦躁、拒絕承認有病、怨天尤人……這一切的一切，在在加深了身為母親的自責。就在此時，噘著嘴的小茵茵，被張醫師和父母帶進了糖尿病自助團體。希望藉由其它病童的力量，讓她重新面對自己的人生。在這裡，自己認識了郁如，一個同病相憐、無話不談的好朋友。可是現在，爸爸不在了，郁如也不在了……她伸出雙手，往前抓去——空空的，什麼也抓不住，就像自己的人生一樣……

聚會在張醫師解說糖尿病人不宜懷孕，容易死產或產出畸型的巨大兒下不歡而散。楊茵茵落寞起身，經過張醫師身旁時，投去一抹求恕的眼神。張醫師對她露出十餘年來不變的溫和笑容，目送她離去。望著她纖瘦孤獨的背影，張醫師厚片眼鏡下，閃爍著一絲了解同情的光芒。

6

「江小姐畫得很好，襯托出服裝的特色了。」楊茵茵滿意看著江嘉陵的畫稿。坐在對面的江嘉陵聽到讚美，有些侷促地笑了，端起桌上的咖啡啜了一口。雅致的咖啡廳內，琤琮樂聲輕柔流瀉著。

楊茵茵暗自思量，把畫稿送給阿倫做片子，再和服裝目錄的片子合在一起略做處理，就可以打張彩樣出來。在下次業務會議之前，可以趕出幾頁彩樣讓董事長過目。如此一來，以繪畫為背景的目錄既特殊搶眼，原先目錄的片子也不用全部作廢，另外花錢重拍。太好了！

「楊小姐懂繪畫嗎？」江嘉陵一身淺綠洋裝，長髮也束著一條同色髮帶，散發沉靜的秋天氣息。

「沒有，我不懂繪畫。」楊茵茵笑答：「我比較喜歡攝影。」

「攝影？」江嘉陵感興趣地睜大眼。「楊小姐喜歡照哪些題材呢？」

楊茵茵瞇著眼，長長彎彎的睫毛翹成迷人的弧度。

「我喜歡拍海，尤其是有一望無際沙灘的海邊。」

「海！」江嘉陵笑開了，眼睛閃閃生光。「好巧！我有一陣子也很喜歡畫海，常常到海邊寫生。妳知道嗎？那一陣子我幾乎跑遍了全省每個海灘，結果……」她神祕地皺皺鼻子。

「我在離台北不算太遠的地方，發現一個荒涼的小漁村。那兒的海岸沙子又白又細，不像別的地方垃圾、果皮滿地都是。而且人煙稀少，晚上還有點點漁火，和天上銀亮星斗溶成一片。坐在那兒，靜靜吹著海風，聽著一起一落的拍岸潮聲……」江嘉陵感動地輕呼一口長氣。「天啊，真是太美了！」

楊茵茵神往地傾聽──跑遍、拍遍世界各地的海岸，這類題材她已在攝影圈中小負盛名，沒想到自己居然獨漏了這麼一處絕美的星夜浪花？

「楊小姐，妳想不想去？我們兩個可以結伴一起去！」江嘉陵熱切說道。

「嗯，太麻煩妳了。」

「不會的。」江嘉陵開心笑道：「反正我也很想再去看看。到時候楊小姐攝影，我寫生，我們可以在那兒耗上一整天。」

楊茵茵也愉快地笑了，深邃大眼閃著期待的光芒。

攝影棚內，到處散佈著燈具、道具，佈景也雜亂地堆在角落。一個穿著T恤、牛仔褲，蓄滿長髮的青年男子，蹲踞彎腰擺弄著一地什物：有鋼筆、花瓶、電話機、熱水瓶，還有瓷器、球拍、玻璃天鵝。男子費力地排列安置，思索著這麼多不同性質的物體，有粗面的、有透明的、有會反光的，該怎麼安排才能讓每件商品都有適當的採光。

楊茵茵悄悄走了進來，一身淺咖啡針織套裝。她小心避開爬滿一地的電線，饒有興味地觀察男子的舉動。

「楊姐，妳來啦！」男子回頭看到楊茵茵，臉上綻出爽朗的笑容。長長的臉頰襯著甩動的「長髮」，再加上髒兮兮的T恤和洗得泛白的牛仔褲，頗有一股藝術家的瀟灑勁。

「跟你說過叫我茵茵就好了。才大你兩歲就一口一聲楊姐，都把我給叫老了！」楊茵茵笑著抗議走上前去。「阿倫，在準備拍照啊？」

「嗯，真傷腦筋！」阿倫搔搔頭。頭髮大概多日沒洗了，像麵條一般黏在一塊兒。「有些商家就是愛便宜又大碗，要求把自己所有出產的商品都照在一張照片裡。妳瞧！」阿倫指著一地的琳琅滿目。「瓷器和熱水瓶、電話機、球拍擺在一塊兒，這……這能看嗎？光是採光就夠麻煩的了！」

楊茵茵不置可否地撇撇嘴角。「算啦，反正顧客永遠是對的。現在所有空間都被商品塞滿了，反光板無法近放。你把玻璃器放在畫面的兩側，這樣才能充份利用到反光板……」

楊茵茵邊看邊指指點點，阿倫則在一地雜物的前後左右爬行著調整數個燈具的位置、強弱。

「嗯……差不多了！」楊茵茵點點頭。「阿倫，過來一下吧，有個急件要請你趕一趕。」

楊茵茵交代目錄的事，阿倫專心聽著。阿倫是楊茵茵從美國回台灣後認識的攝影同好，專科畢業的小夥子。雖然影齡比楊茵茵淺的多，但對攝影有股狂熱，打算一輩子走這條路，志氣可嘉。楊茵茵就出資成立了這家小小的商業攝影公司，讓阿倫負責攝影業務，自己多半只負指導的責任。畢竟自己身體虛弱，沒有那麼多精力經營一家公司。而且這類商業攝影工作，她早在十幾歲時，就已練就一身工夫，這些小案子在她眼中已不值一哂了。

「還有，下個月接了哪些案子？」

阿倫拿出一疊資料，楊茵茵接過資料，仔細研究著。「拍呼叫器時通知我來，其它的你拍過很多次，我看片子就行了。」

楊茵茵拿起皮包準備走了，阿倫拍拍手上灰塵送她出去。臨行她又回頭看了那滿地什物一眼。

「採光時別忘了，每一件立方體的三個面一定要三個濃度，這樣才有立體感。」

「哦……」阿倫搔搔頭，頭皮屑雪花般飛落下來，楊茵茵不禁搖頭微笑。

她想著：天地萬物本來各有所歸；但在鏡頭前，攝影者卻無所不能。可以顛倒黑白、凝縮時空、改變大小……誰說照相機是最誠實的工具？

7

透明細長的試管底部，擱著一小撮有機物的粉末。約半個西瓜子大小的鈉金屬，被小心加入粉末中。試管被試管夾牢牢夾直，放在微弱的火苗上加熱。很快的，一絲絲神祕的白色煙霧，從粉末混合物中縷縷升起……

「拜託，試管開口千萬別對著我！」羅賓安誇張地擺手喊著；江嘉陵小心地夾開試管。這試管開口本來是對著沒人的地方，羅賓安什麼時候又走進來站在旁邊的？

「要小心哪！化學系本來美女就不多了，妳可要千萬保重！」

江嘉陵聞言噗哧一笑，繼續手上的動作，學生還等著看結果呢。羅賓安心不在焉地東張西望一番。

「咦，瑋君呢？」

「瑋君？」江嘉陵環顧實驗室周遭。時序漸漸進入冬季，天氣越來越冷；但實驗室裡還是熱烘烘的，到處散置學生脫下的外套與毛衣。

「喏，她在抽風櫥那兒。」江嘉陵看到瑋君了。「哎，她過來了。」

瑋君拿著燒杯走了過來，羅賓安湊了過去。

「瑋君，我改上次的實驗報告，居然有一組學生以不變應萬變，計算式裡水的沸點一律以一大氣壓下攝氏一百度來計算，完全不管我寫在黑板上實驗當時的氣壓值，怎麼辦？」

「要是我打分數的話，就給個C。」

「C？太狠啦！」江嘉陵插過口去：「他們八成是粗心，沒注意到這個計算上的細節，給個B吧！」

羅賓安故意皺著眉頭。「算啦！這樣的話我折衷一下，給個B減好了！科學是要求精確的，水可不是總在攝氏一百度沸騰的。」

瑋君和江嘉陵笑了起來；羅賓安壓低聲調說：「你們知不知道，學長和他的指導教授鬧翻了……」

江嘉陵接口說道：「早知道了！化學系圈子就這麼丁點兒大，早傳遍了。」

瑋君瞪了羅賓安一眼。「我看你真的太閒了是不是？」

碰了釘子羅賓安也不以為忤。

「我這就去找學長安慰一下，順便了解內情，回頭再跟你們說。」

望著羅賓安的背影，江嘉陵和瑋君相顧莞爾：這麼熱心？看來下屆化學系研究生學生代表選他就對啦！

帶完實驗課已日頭偏西，江嘉陵和瑋君一道鎖上實驗室門，走出實驗大樓。瑋君要回化學系館，先走一步。江嘉陵從腳踏車叢中牽出車來，突然心血來潮不想騎車，便推著車慢慢走著。向晚的風有些涼意，吹得校園樹梢沙沙作響。細碎黃葉漫天灑下，一片、兩片的輕輕沾在江嘉陵一甩一甩的馬尾上。江嘉陵左顧右盼，欣賞來去的男男女女。一條人影忽然從路邊閃出，站在江嘉陵身旁——

「江助教，好巧，下課了？」

江嘉陵微微一驚，定神一看——江杰？他那一組不是早就做完實驗走了？他怎麼還在這兒？

「江助教，妳要回化學系館嗎？」

「不，我要到校門口搭車回家。」

「哦……」江杰微笑了，那種二十一歲男孩靦腆又可愛的笑容，江嘉陵覺得陌生又熟悉。這年紀的男孩應該是無憂無慮，瘋到下雨天也會衝去球場打球，弄得全身髒兮兮也無所謂的。

「我也要去校門，剛好順路。」江杰順理成章地陪江嘉陵慢慢走著，把白色實驗長袍隨便揣成一團夾在臂彎。

「江助教，」江杰打破兩人之間的沉默。「聽說妳在修碩士，不知道研究題目是什麼？」

江嘉陵溫柔地笑了。

「剛好和你念的藥學系有關。我那個實驗室想研發一種新的強心藥。」

「強心藥？那你們的研究方向是什麼？應該是要增加心肌細胞內的鈣離子濃度吧？」

「完全正確！」江嘉陵欣賞地注視面前男孩：看來他應該是他們班上用功的高材生。「不過，我們研發出的產物只是最初步的，將來還得送到各藥理實驗室作更進一步的研究。」

「嗯，」江杰點點頭。「不過國內藥廠大多還沒有自行研發新藥的能力，藥劑市場還是歐美藥商獨霸的天下。這些歐美大型藥商公司在母國都有實驗部門研發新藥作為後盾，台灣的那些小型藥廠還沒有這個技術和資金來成立實驗研發單位。」

江嘉陵看他講得很認真，濃黑眼睛心事重重的，顯得有些憂鬱。上次見到的蓬亂頭髮今天倒梳得整整齊齊，像個乖巧的大男孩。

「那你們藥學系的畢業生都在哪兒工作呢？」江嘉陵盯著江杰疑惑問道。江杰看著她黑澄澄的眼睛竟閃神了，一時之間忘了開口說話。

「對了，你們可能到醫院當藥劑師了。」江嘉陵親切說道，江杰這才回過神來。

「嗯，還有人到藥商公司工作。不過，最賺錢的是自己開藥房賣藥！」

江嘉陵和江杰兩人都笑了起來，空氣中那層模糊的隔閡漸漸消散了。

「那你呢？畢業後有什麼計畫？」

「我？」江杰眼神飄忽起來，注視遠方。「我打算出國留學，把外國人的製藥技術都學回來！」

「出國……應該是到美國吧？」

「不，我要到南非去！」

「南非？」江嘉陵不可置信地看著江杰——他瘋啦？跑到非洲去幹嘛？提起非洲，好像那是一塊又遙遠、又陌生、又落後的大地，只有在電視新聞報導飢荒時才會驚覺它的存在。

「嗯，南非的製藥水準和歐美齊名的！」江杰興奮說道：「而且也是用英語，沒有學習障礙。」

江嘉陵楞楞望著江杰：原來南非是滿進步的，不知到底如何？

「還有，非洲是一塊原始、無拘無束、自由的天地！」江杰繼續忘我說著。江嘉陵發現他那對神采奕奕的眼睛，配上濃黑的眉毛，有一股野性又稚氣的特殊味道。

「你能想像嗎？那兒的牧人把牛欄裝上刺，居然是為了防範——獅子！」

「獅子！」江嘉陵驚訝重複江杰的話，眼睛瞪得大大的。從小在腦海裡，總覺得獅子是要去動物園才能看到的珍禽異獸。沒想到，在非洲，牠卻是會常去騷擾牛隻的討厭東西？她覺得腦筋一時轉不太過來，這太有趣了！

「啊，校門到了……」江嘉陵脫口而出。「再見！」她丟給江杰一個愉快燦爛的笑容，心裡暗暗有些惋惜：怎麼才一轉眼就到校門了，平常這段路走起來挺長的呢！

「再見……」江杰依依不捨目送江嘉陵的背影。從上實驗課的第一天，他就喜歡上這位修長俏麗的女助教，被她散發的靈動氣息所吸引。隨著時日推移，江杰覺得自己越陷越深。每回上實驗課，眼光總是搜索追尋江嘉陵的身影。在實驗報告上抒發感想，在書庫裡的不期而遇，真說不清自己究竟是怎麼回事……不過，江杰已經下定決心了！今天只是計畫的開始而已！他的眼睛霧沉沉的，嘴角浮現出一抹微笑。

8

「沙——沙——」

「沙——沙——」

楊茵茵靜靜坐在沙灘上，側耳傾聽起伏有致的波濤聲。放眼望去，沒有俗豔的海灘洋傘，也沒有弄潮男女，就是這麼一片單單純純、乾乾淨淨的連綿海景。濕涼的空氣裡，裹著淡淡鹹味。坐在這裡已經個把小時，楊茵茵覺得自己渾身上下每個毛孔，都舒暢擁抱每一陣微寒的初冬海風。

「茵茵，帶了相機來怎麼不拍照呢？」在畫架前揮筆寫生的江嘉陵，奇怪問道。

楊茵茵抿著嘴，眼神專注看著岸邊激碎的浪花。

「我在聽宇宙的呼吸聲。」楊茵茵側著頭。「妳聽，潮汐一起一落的聲音，像不像一個活生生的人正在呼吸。一吸一呼，一吸一呼，這麼的規律。從宇宙開始以來，就從來沒有停歇過。」

停下手上畫筆，江嘉陵走到楊茵茵身旁坐下，靜心聆聽著——真的，宇宙在呼吸。有的時候溫柔舒緩，有的時候渾濁激烈，就好像人有情緒起伏一樣。她轉頭看看茵茵，後者正神色溫柔地眺望遠方。認識幾個月了，茵茵一直沒空，她到現在才實踐帶茵茵一訪這荒涼漁村的諾言。從當初路邊畫畫因緣際會的相識，到最近因目錄案子的成功，被茵茵延攬進她的攝影公司擔任零碎的插畫工作，茵茵給她的印象，一直是冷靜能幹的。直到今天，她才發現：原來茵茵也有這麼感性的一面。

「茵茵，要不要脫掉鞋子踩沙玩？」江嘉陵調皮慫恿著。她自己是早已捲起牛仔褲，脫掉球鞋，在海邊淺水處玩了好幾回了。只有茵茵一襲淺赭衣裙端然不動，腳上的白皮鞋硬是套得牢牢的。

「嗯……」楊茵茵心動摸著軟軟的白沙。「可是，我怕沙裡有東西會刺傷腳。」

「不會啦，這沙很乾淨的！」江嘉陵起身在沙上左踏右踩，踢起一片沙塵。

「哇，不要！」楊茵茵笑著躲避揚起的塵沙。她一挑眉——算了，管它的！她動手脫掉鞋襪，在溫軟的沙上舒服踩著。細細的沙粒在腳趾縫間鑽進鑽出，癢癢的，麻麻的。已經好多年了，不曾再有這樣赤足海灘的經驗。楊茵茵高興的和江嘉陵一起又踩又跳，在岸邊追著浪花玩，全身都給濺濕了。

「呼，不玩啦！」楊茵茵累得笑倒在沙灘上，白花花的陽光直刺她的眼睛。

江嘉陵也喘著氣癱在旁邊，披頭散髮笑個不停。

「嘉陵，」楊茵茵鎮靜下來，嚴肅的神色浮上眉頭。「我有件事要告訴妳。」

「什麼事？」江嘉陵邊聽邊低頭摳掉腳上黏成一團的濕沙。

「嗯……妳還記得我上次在街上差點昏倒的事嗎？那不是中暑，是因為我有先天性的糖尿病。」

江嘉陵抬起頭來，有些驚愕地看著楊茵茵，停止了摳腳的動作。

「因為……我上次延遲了吃午飯，血糖太低，所以快昏倒了。」楊茵茵停下來看著江嘉陵，後者雙眼直直盯著自己，沒反應也不回話。

「我……我不知道妳對糖尿病有多少認識。不過，現在距離吃晚飯還有半個小時，我得先測量晚飯前的血糖值，登記在血糖記錄表上，然後再注射胰島素才行。」

江嘉陵眼看楊茵茵從皮包中拿出名片大小的小皮袋，拉開皮袋拉鍊，取出一個計算機模樣的東西，表面有個液晶顯示幕。皮袋裡還有一隻筆狀物和長條形的鋁箔包。楊茵茵撕開鋁箔包，抽出裡面的長條物，一頭插進計算機裡，另一頭還留在機外。再拿起筆狀物，把手指抵在筆尖上，另一隻手像按自動筆般一按筆頭。一根針從筆尖彈出，楊茵茵指尖立刻漲出豆大的血珠！

「啊！」江嘉陵心頭一緊，叫出聲來。

楊茵茵並不看她，繼續手上的動作。楊茵茵把指尖的血抹在長條物突出計算機的那一頭，計算機上的液晶顯示幕迅即浮現「一百二十五」的阿拉伯數字。楊茵茵把所有東西再度收到小皮袋裡放進皮包，又從皮包拿出一本本子出來，裡面是一張張的表格。她在今天的日期，晚餐前的格子裡填上「一百二十五」。江嘉陵正看得出神，微張著嘴；楊茵茵開口了：

「剛剛我是在用血糖機測血糖值，結果還算滿正常的。」楊茵茵說畢不自然的微微一笑，江嘉陵也尷尬地微笑，下意識的繼續用手拍掉腳上的沙子。才一會兒工夫，黏著的濕沙已經乾的差不多了。

楊茵茵又從皮包裡拿出一個小瓶子，裡面裝有白濁的液體。

「這就是胰島素。」楊茵茵頭也不抬地說明著。江嘉陵好奇地瞪著那只小瓶子，很難想像生物課本裡學過的名詞，現在就這麼真實地擺在眼前。

楊茵茵再從皮包裡拿出一張紙，上面畫著人形。在人形的大腿、腹部、上臂和臀部畫著密密麻麻的小方格，還有用筆做著記號。楊茵茵用注射器吸取胰島素，撩起裙子，參詳著紙上人形，用指頭在大腿上度量位置，最後停留在一個定點上。她用酒精棉球擦拭那個定點，用手繃緊那裡的皮膚；另一隻手提起注射器，九十度地立在皮膚上，慢慢的，垂直插下去，直到整段針頭全部沒入皮下不見為止。

江嘉陵覺得自己的胃一下抽緊了，肚子不太舒服。從小怕疼的她最討厭打針，更別提自己拿針往身上戳了。江嘉陵心悸地低眉斂目一陣子，楊茵茵已經打完注射器內的胰島素，把所有零碎東西再度收進皮包裡。

「唉，」楊茵茵看著江嘉陵輕鬆笑嘆：「真煩，終於弄完了！」

眼看茵茵神色自若，江嘉陵卻覺得自己心頭沉甸甸的。

「剛剛……那張紙上的人形……」

「哦，人形上的方格是注射位置。」楊茵茵解釋著：「我每天早飯和晚飯前都得打針，所以要輪流更換注射位置。」她嘴角一撇。「妳知道，老打同一個位置，皮膚會壞掉的。」

「壞掉？」江嘉陵聽得頭皮發麻。「那……如果不打針的話，會怎麼樣？」她怯怯問道。

「會死。」楊茵茵輕描淡寫說道，彷彿談得是別人的事；江嘉陵不解地望著她。楊茵茵忽然伸手遙遙一指，愉悅地叫了出來：

「妳看，星星出來了！」

江嘉陵抬眼望去——真的！雖然太陽還偏西散著光熱；但在海天交界的地平線處，一顆澄黃星斗已悄悄掛在雲際。

「顧媽，開門呀！」楊茵茵疲憊地敲門，全身上下都沾滿細沙。

「小姐，回來啦！」顧媽關心地盯著楊茵茵。瞧她弄得一身髒的，真是玩瘋了，搞到這麼晚才回來。顧媽注意到楊茵茵腳上黏著沙子，立刻不滿地嚷了起來：

「小姐，妳該不會是脫鞋玩沙了吧？」

楊茵茵躺在沙發上，心虛地咕噥兩聲，顧媽已經一串連珠砲劈了下來：

「小姐，萬一沙裡有鐵片、釘子可怎麼辦？妳曉得腳上有傷口很難好的，得好好保護才行！」

顧媽急忙蹲下，掰著楊茵茵的腳丫子仔細端詳。楊茵茵噘著嘴任她擺佈，眼尾餘光掃到堆在角落的一大袋洗髮精、潤髮精、洗潔劑等等產品，嘴巴翹得更高了。

「他又送東西來了？」楊茵茵冷著臉問。

「嗯……」顧媽小聲應著，覷眼偷瞧小姐的反應。何必嘛，總是自己父親，恨了這麼多年難道還不夠？

「快點拿走這些東西。」楊茵茵硬生生的語調，不帶一點感情——反正他家大業大，全台灣幾乎都在用他的產品，送了十幾年也不嫌煩。他大概也知道，送來的東西最後都進了顧媽兒子、女兒的家裡，他愛送就讓他繼續送！

舒舒服服洗了個澡，楊茵茵若有所思地踱進自己的攝影室。裡面不但有暗房，還有靠牆而立的整排大型電子防潮箱，收藏她各式各樣的珍貴相機與鏡頭，以及她心血結晶的底片和幻燈片。從十二歲在媽媽主辦的服裝秀裡，耳濡目染地迷上攝影開始，她就立志不分藝術與商業攝影，每個領域自己都要樣樣精通。學校上課之餘，還到商業攝影公司當攝影助理，又抽空跑到各地拍個不停，自己的成長記憶是和攝影分不開的。

直到十六歲那年，在偶然的機會裡，偷拍了媽媽在夕陽裡沉思獨坐的畫面，一舉奪得攝影大獎，自己才闖出名號。十八歲赴美念大學，她並沒有在攝影這條路上懈怠下來。二十歲那年，再以一幅海景一鳴驚人，獲頒攝影比賽的首獎，才躋身於名攝影師的行列。其實在這之前，海景就是自己最鍾愛的題材。自己，早就跑遍世界各地，拍了不下數百張海洋風光了。

這兩幅她生命中最重要的作品，現在都妥適地掛在這裡。楊茵茵凝神注視那幅海景，整個畫面以深深淺淺、不同層次的藍色為基調，灑佈著淡淡光點。模模糊糊、如夢似幻。海天交融，不知是滿天的星斗落入了大海，還是黑夜漁火照亮了晦暗的雲層。岸邊有一白衣女子，焦點模糊，看不真切。彷彿斜倚海岸，又似乎逐於拍岸浪花的水霧蒸騰之間。

這幅作品耗費了十幾卷底片，才終於用八張底片拼湊成功。前後歷時半年多，辛苦備嘗，照中模特兒都快和自己翻臉了。不過，奇怪的是，這明明是加州的海岸，怎麼會和今天的漁村風景那麼相像？那只是個荒涼的小漁村，沿著海岸有條公路，公路對面就是破落的村中人家，還有幾間雜貨店、餐館和一家小旅舍，和照片拍攝地點：加州風光明媚的觀光盛地，是絕對不能相提並論的！可是……

「小姐，太太從美國打來的電話！」顧媽倚在房門口叫著，她曉得茵茵一向不喜歡別人踏進攝影室一步。

楊茵茵聞言笑意頓時漾滿臉上，接過電話喊著：

「媽咪，妳在那兒一切順利嗎？」

「嗯，還不錯……」

楊茵茵邊聽媽媽絮叨著美國那兒業務的情形，邊注視著另一幅自己最重要的作品——美婦人被夕陽餘暉溫柔包圍著，在一片金光中獨自沉思。相片中的母親眼光投向遠方，彷彿在追憶、感懷些什麼？那藏在母親霧般迷離眼神後的心語，楊茵茵曉得自己大概知道答案——難怪媽媽一直不喜歡這幀相片。嘉陵為自己繪製的那幅肖像，像中的自己和照片裡的母親，不論容貌、神態都像的出奇，都在獨自沉思著——那麼，自己也明白自己肖像中沉思眼神背後的心事嗎？

「茵茵啊，媽在紐約又看到最新型的鏡頭，要不要幫妳買回來？」

突然的，楊茵茵覺得心情有些低落。

「嗯，隨便吧。媽咪，妳什麼時候回來？」

「妳怎麼了？」似乎敏感察覺出什麼，電話中的聲音有些焦急。「茵茵，妳還好吧？是不是哪裡不舒服？」

「沒有。」楊茵茵頓了一頓：「媽，妳不用急著回來，把工作辦完了再說。」她睫毛上下搧著，輕笑出聲。「我很好，妳不用擔心。」

「好吧！叫顧媽來聽電話，我有事跟她說。」

楊茵茵把電話交給等在門口的顧媽，一雙大眼淨瞅著她瞧。

「嗯，是的，太太……」

「啊，小姐最近病情控制得怎樣？」顧媽眼皮子一抬，正跟楊茵茵直溜溜的目光撞個正著。

「嗯……這，好像都控制得還不錯嘛……」顧媽語調有些僵硬，不過還算差強人意。楊茵茵對她孩子氣的滿意微笑，顧媽只好莫可奈何地搖頭。反正，瞞著太太茵茵上回快昏倒的事也沒什麼大不了的，還不是為了讓太太安心，讓小姐高興。誰叫茵茵是自己一手帶大的，自己不寵著她，可該寵著誰呢？

9

雨——淅瀝瀝地下個不停。校園中的建築物都被打濕了，灰著臉，遠遠近近的，罩在濛濛的水霧中。

江嘉陵站在實驗室外的長廊看雨。本來是覺得在裡面心頭慌得緊，出來透透氣的；沒想到漫天的瀟瀟寒雨反而把思緒攪得更亂了。每個禮拜的這門實驗課，漸漸讓自己既恐懼、又期待。上課時，總感覺到一雙濃烈的眼睛，如影隨形地凝視自己。下課後，那個身影又總是不期然地出現，黃昏時兩人相偕漫步而歸似乎成為常態。他們一直聊得那麼興之所至、那麼忘我融洽，彷彿淡忘彼此種種的差距了，但是……

會不會是自己太多心了？可能只是因彼此所學、背景相似，所以處得投機而已。可是，兩人黃昏散步時，對方眼中不時閃爍的光芒，難道也只是自己的錯覺而已？

千絲萬縷、糾纏不清。算了，還是先克盡職守要緊。深吸口氣整整心情，江嘉陵戴上口罩，緩緩踱回實驗室中。

帶完實驗課，踏出實驗大樓，明明是要和瑋君一道回化學系館的。瑋君卻東張西望一番，神色詭異地說聲再見，就快步溜走。看來，瑋君也知道這件事了？江嘉陵撐傘步入雨中，走了幾步，沒有人影出現。再走幾步，仍然沒有動靜，不禁心下有些忐忑。今天怎麼了，他不出現了嗎？江嘉陵控制自己想四下環顧的衝動，繼續往前走著，越走越失落——這樣也好！她安慰著自己，心情卻輕鬆不起來，沉甸甸的，好像也被雨淋濕了……

「嗨！」江杰忽然一股腦兒濕漉漉地鑽到傘下。「對不起，忘了帶傘，能不能共撐一程？」

江嘉陵喜出望外地看著他，滿臉掛著笑容——他來了！江杰審視著她，眼神亮晶晶的。江嘉陵驚覺自己的失態，忙垂下頭去。

江杰接過江嘉陵手中的雨傘，不發一言。兩人認識這段日子以來，從來沒靠得這麼近過。在傘下的狹小空間裡，江嘉陵和江杰的肩膀若有似無的輕觸著。江嘉陵聞著江杰身上傳來的青春男性氣息，害羞的想逃避又無從逃起。傘外密密的雨網，把他們倆獨自隔在封閉的小天地裡。

今天江杰異常沉默，淨是沉沉看著前方。江嘉陵努力尋找話題，想打破兩人之間不自然的靜默。

「這次實驗你們那組做得怎樣？」

「很好啊。」江杰悶悶答著，空氣再度靜寂下來。

「妳……」江杰終於主動開口了。「像現在這樣，不綁馬尾，頭髮披下來時也很好看……」

迎面吹來的晚風很冷，江嘉陵卻漸漸臉紅心跳起來。

「呃，你最近功課怎樣，應該快期末考了吧？」

「對啊。」江杰簡短回答一句，眼睛煙霧朦朧起來。「我……我自從第一天上實驗課起——就很喜歡妳。」

江嘉陵迅速抬眼望著江杰，嘴唇輕顫；想說什麼，卻又心亂如麻，不知從何說起。江杰伸出手去，一把握住江嘉陵纖細的手掌。她覺得一股電流直達心坎，兩人頓時相對無言——

一輛腳踏車忽地從身旁駛過，江嘉陵清醒過來。化學系館已近在咫尺，可能有相熟的同學在附近活動。她抽出手，低頭輕輕吐出一句：

「謝謝……可是，我想我大概不適合你吧。」自己在說什麼啊？江嘉陵只覺昏沉沉的。「嗯……那，再見了。」

不敢去看江杰的反應，江嘉陵尷尬轉身離去，一路急步衝進系館裡的研究室；一進門後心神才寧定不少。江嘉陵看著研究室的夥伴都正各自埋頭努力著，自己卻無心無緒地坐在實驗桌前。

似乎越來越冷了，她點上酒精燈烘手。火光映照中，她端詳著每一根手指，回憶方才那驚心動魄的一幕——她試著理性分析自己：為什麼會對江杰動心？是畢業後好友星散，自己因而太寂寞了？媽媽說得對，哥哥都成家了，以自己的年齡，是該留意合適對象了。但是，江杰才大三，比自己足足小四歲，大學畢業後還要當兵，甚至念研究所，自己能等他多久呢？再說，自己是助教，他是學生，這……

江嘉陵覺得自己越分析越亂成一團，胸口悶得發慌。一頭逃出研究室，在系館內遊盪著。昏暗的走廊盡頭透出溫暖的燈光，流瀉出輕柔的音樂，那是「羅賓漢」的研究室。她如遇救兵般走了過去，看見羅賓安時親切感油然而生。

「怎麼過來了？」羅賓安忙著弄他的實驗對象：收集自全省各地垃圾場滲出的廢水，頭也不抬地招呼著她：

「吃飯了沒？」

「還沒……」江嘉陵無精打采說道。實驗桌上擺了個收音機，播放著流行音樂。

「喂，實驗室是嚴肅工作的場所，你居然大放音樂。」江嘉陵斜睨羅賓安，半真半假地說著：「待會兒你老闆忽然進來，你就難看了！」

羅賓安笑著直起身。

「哎，我的指導教授出國參加學術會議啦！」他走過去把收音機關掉，端詳了江嘉陵一會兒。「怎麼，看來心事重重的樣子，實驗不順啊？」

「唉，沒什麼……」江嘉陵雙手托腮嘆口長氣。「是個人方面的事……」

「呣……感情問題嗎？是那個藥學系的『奇葩』啊？」

江嘉陵有些驚訝：大家都知道了？她煩亂開口：「羅賓，你看我和他適合嗎？」

羅賓安洗了洗手，正經地坐在她身邊。

「嗯，好像不太適合。」

「唉，我就知道……」

羅賓安擺擺手。

「不，不是像妳想的那樣。」他頓了一頓：「從聽到風聲後，我偷偷在旁邊見過他幾面。我承認，他是個很容易讓人動心的男孩，又帥又聰明。不像我，已經胖的像個中年人啦！」

羅賓安笑著比了個大肚子的手勢，把愁眉不展的江嘉陵給逗笑了。

「可是，」羅賓安轉作嚴肅。「說不上來，我總覺得他有幾分野性，潛藏著某種不安定的特質。」

「嘉陵，以我對妳的認識而言，我覺得他並不能給妳心裡所想要的東西。而妳……妳或許也不能給他所需要的東西吧。」

江嘉陵看著羅賓安，如墮五里霧中；羅賓安拍拍她的肩頭。

「嗯，反正這件事，妳自己得好好想想，考慮清楚才行。」

江嘉陵無言。我心裡想要什麼？自己的人生，到底在追求尋覓些什麼東西？自己似乎從來沒有認真想過這個問題——窗外不斷濺進水花。雨，似乎是越下越大了……

10

終於又到了禮拜一。從騎車前往實驗大樓開始，江嘉陵的心情就莫名緊張起來。在實驗室裡，她曾偷偷瞧了江杰幾眼，只見他兩道濃眉始終緊緊鎖著。在實驗室來回巡視時，江嘉陵刻意避開十二組附近的區域。她希望，等到幾個禮拜後放寒假，過了一陣子，江杰就會釋懷了。這時，一個學生朝自己挨了過來。

「助教，能不能來一下；毛細管不太會拉，每次都失敗。」

「好，」江嘉陵漫應著，心裡納罕：拉毛細管不太難嘛，失敗好多次實在有點離譜。

「你們是第幾組？」

「十二組。」

江嘉陵聞言心臟「咚」的跳了一下，現在想推諉不去也來不及了。硬著頭皮到十二組桌邊，江杰就站在那兒；口罩遮著的臉上，雙眼霧沉沉地凝視著她。江嘉陵逃避開江杰的目光，轉頭看看桌上：酒精燈旁散置一小把玻璃毛細管，每根都被折得亂七八糟。

江嘉陵拿起一根毛細管，雙手各持一端並均勻旋轉，讓酒精燈的火苗烘烤毛細管的中段。江杰就靜靜站在她的背後，江嘉陵彷彿能感應到身後那雙眼睛的灼熱溫度，一股無形壓力使她的雙手開始濕滑顫抖。毛細管的中段烘軟了，江嘉陵小心將毛細管拿離火苗，向兩端穩定輕拉；毛細管的中段漸被越拉越細、越拉越細——這是整個過程最關鍵的一環。待會兒只要從中折斷，就能得到兩支細的新毛細管了。

就在此時，江嘉陵感到背後的人趁大家眼睛都緊盯毛細管時，往自己白袍口袋摸了一下——她吃了一驚，手一抖，已被扯細的軟毛細管頓時扭曲變形——失敗了！江嘉陵回過神時已來不及。江杰聲音自背後平靜響起：

「助教，沒關係，我們問問看別組有沒有多出來的毛細管好了。」

江嘉陵尷尬走開，右手伸進口袋摸索探尋：一張紙？是封信吧……她看看實驗室，近百人來來去去的。出了門退到走廊，想想還是不妥，索性躲到洗手間去。

進入洗手間，把口袋裡的東西抽了出來：是張摺得四方工整的淡藍色信箋。展開一看，清瘦俊朗的字跡浮現眼前：

嘉陵：

上個禮拜的事我很抱歉，讓妳受驚了。關於妳的答案，我回去思索了很久。妳顧慮的所謂「適合」問題，我認為都不存在。感情的事，只有彼此才知道。我永遠都會記得：第一次實驗課時，初見妳第一眼的奇妙感覺。那種自己被深深吸引的感覺，讓以後每一次上課時，我都會不自覺的想要偷偷看著妳在哪裡？在做什麼？自己就像個傻子一樣！

我真的好想妳認識我，知道有我這個人的存在。可是，妳是助教，面對上百名的學生，我只是其中之一而已！於是，有了實驗大樓外每次下課後我們倆的相遇。我好開心，那曾經是每個禮拜自己最期待的事情，自己終於可以和妳說話了！幾個禮拜以來，每次碰面前，自己都靜不下心，不知要講些什麼？可是只要一和妳走在一起，話題就自然源源不斷，好像認識很久的好朋友一樣。常常在和妳分開很久以後，還在細細想著妳的某一句話，一個眼神，傻傻的在公車上掛著微笑直到回家。

只是，過不了多久，這種每個禮拜只能見一次面，只能是因為實驗課而見面的情形，又讓我不滿足了！當我總是躲在實驗大樓外面等妳出來時，心裡常常有種很奇怪的感覺。我想，自己在信的開頭還義正辭嚴的說：感情沒有所謂適不適合的問題！其實，自己也早就被世俗看法制約住了，只是沒勇氣像妳一樣承認而己。

當然，我並不是沒有勇氣，否則也不會在上禮拜嚇到妳了。唉，我不知道自己在寫些什麼？不過希望妳不要介意上禮拜的事，對不起！上禮拜和妳分開以後，自己過得很糟！藥名一個也背不起來，腦子裡常常混亂一片。如果這就是愛情，那愛情真是很可怕的東西！嘉陵，妳說是嗎？

江杰

一口氣念完這封信，江嘉陵只覺得神思飄盪，看著牆上鏡中的自己，竟已雙頰緋紅。她深呼吸了好幾次，才調整好原本動盪的心情。但，才一走出去，她就看見江杰正沉默倚在洗手間外的牆邊；臉上僵硬緊張的線條，就像個等待判決的囚犯。江嘉陵記起自己初見江杰時，只能看見江杰那對好看的眼睛。現在，那對眼睛從牆邊抬起，正憂鬱地望向自己——

江嘉陵笑了，從靈魂深處升起的笑容。管不了了！江嘉陵覺得自己不想再管任何事情……江杰也笑了！誰說愛情是很可怕的東西？它具有不可思議的魔力。

接下來的日子，是一連串混亂與瘋狂。寒假很快開始，江杰幾乎每天都騎摩托車，載著江嘉陵到處穿梭。有時，他們看海；有時，他們看山。當然，更多時候裡，他們只是坐在一起，哪兒也沒去。在寒風裡，兩個人，肩挨著肩，一句話也不說；任憑整個世界，在身旁隆隆走過。他們完全渾然不覺，就這樣四目相對，幸福的、滿足的、傻傻笑著……

臘盡春來，短暫的寒假，就這樣很快結束了。

11

「楊姐，謝謝妳今天請我吃飯。」阿倫吃得飽飽的，紅光滿面。長髮在腦後整齊地紮了馬尾，臉上溢著開朗的笑容。

「哪裡，你平常工作得太努力了，嘉陵又在一些客戶案子上幫忙公司很多，這是應該的。」楊茵茵愉快說道，把盤裡切好的一塊塊牛排，慢條斯理地送進嘴裡。

江嘉陵在一旁喝著熱騰騰的酥皮湯，覺得阿倫說客套話的樣子實在陌生又好笑。平常一起在公司裡，阿倫總是一副藝術家的派頭；可是只要茵茵在場，阿倫就自動收斂三分。聽阿倫說：茵茵在攝影方面要求極嚴格，不論攝影技巧、模特兒、道具等各方面都要求盡善盡美。她感覺茵茵和阿倫的關係與其說是老闆與員工，無寧說是師傅與徒弟更恰當些。

「唉，」阿倫突然嘆口長氣。「我真快等得不耐煩了……每天拍這些無聊的檯燈啦、罐頭肉醬啦，不知道哪天才能攢夠錢，飛到南極拍企鵝去。」

楊茵茵彷彿又聽到老生常談一般，只管笑著低頭吃牛排。江嘉陵倒覺得滿新奇的。

「阿倫，你看過企鵝嗎？」

「沒有，只在照片上看過。有次在攝影展裡看到一大群企鵝的照片，每隻都胖嘟嘟的。我就想：要是面對這麼一大群稀有動物拍照，一定很有意思！」

一直低著頭的楊茵茵忍不住「噗哧」一聲笑出來；受此反應，阿倫臉上的陶醉表情倒絲毫未減。

「所以啦，我要繼續靠商業攝影努力存錢，總有一天一定要去！」阿倫繼續說道：「不過楊姐老是說：南極那兒冷死了，一點也沒意思！嘉陵，楊姐為了拍照，可幾乎什麼地方都去過了！」

「嗯，」茵茵愉快應道：「可能和我媽的鼓勵也有關係。我自從對攝影有興趣起，我媽就比我還認真。不但從國外買了很多照相裝備給我，而且我每照成一張相片，我媽咪就要欣賞老半天，簡直比我還高興！」

「對啊。嘉陵，楊姐的照相裝備可豐富了！大半是楊姐的母親在好多年前就買給她的，其中好幾項行頭在台灣當時根本沒人見過哪！」阿倫一副心嚮往之貌。

「好吧！哪天等你真的要去南極拍企鵝了，你要哪項裝備，我就借給你！」

「真的！楊姐，那我們就一言為定了！」

三人吃完飯後，楊茵茵開車送江嘉陵回家。台北是個杜鵑花城，馬路上的安全島到處種植著杜鵑。正值初春，杜鵑奼紫嫣紅的開了滿城。暖洋洋的陽光穿透車子的擋風玻璃，照得楊茵茵胸前慣戴的鑽石項鍊閃閃發光。

「嘉陵，妳最近都沒去街頭畫畫了？」楊茵茵隨口問道。

「嗯。」江嘉陵嘴巴應道，可眼睛盛滿笑意；楊茵茵也不禁會心微笑起來。

「呣，現在不畫了，太忙了……怎樣，妳和妳男朋友還處得好吧！」

「江杰啊……他家住台北縣，在學校申請了宿舍住。現在我常常去他宿舍，挖他起床上課，整理他丟了一地的東西，我覺得自己都快變保母了！」

江嘉陵半真半假地抱怨，楊茵茵對她使了個頑皮眼色。

「小心，別把江杰給寵壞了！」

「也沒這麼嚴重啦！反正，我在家裡照料我妹，幫我媽做事也習慣了。而且，江杰是遺腹子，從小被他媽一手帶大。就這麼一個孩子，難免有點被寵慣了。」

「遺腹子？」楊茵茵有點訝異。

「嗯，他爸爸是心臟病發突然死的。不過他媽是公務員，所以家裡環境還算不錯。」

「不過，」江嘉陵臉上掠過一絲甜蜜的煩惱。「江杰說他從小家裡就冷清清的，看到別人家庭溫馨熱鬧都很羨慕。所以……他一直想早點成家，畢業後就想結婚，我也不知道怎麼辦才好？」

楊茵茵嘴角撇了撇——江杰這小子未免太異想天開，剛畢業什麼經濟能力都沒有，居然想結婚？

「那……嘉陵，妳家裡知道江杰的事了嗎？」

「我還不敢說。」江嘉陵眉頭罩上烏雲。「我爸媽知道我交男朋友了，很熱心，一直問；我只好推托說感情還不穩定，等過一陣子再把細節告訴他們。我爸還有點擔心談戀愛會影響到我的論文進度，一直問我明年到底能不能畢業？唉，要是他們知道女兒的男朋友只是個大三學生，一定氣炸了！」

江嘉陵悶悶不樂起來；不過只見她忽然眼珠一轉，又笑出聲來。

「我昨天回家的時候，一進房間，就看見我小妹盤坐在我床上，手裡拿著我藏起來的和江杰的合照。我嚇的趕緊關門，因為我爸媽就在外面客廳吃水果看電視哩！」

「後來呀，我小妹看我緊張的樣子覺得很好玩。她揚揚手上的照片說：『姊，照片裡的小帥哥就是妳男朋友啊？』嘴巴還呶呶外面。『放心啦，我不會跟爸媽告密的！』最後她臨走前還開我玩笑。『姊，妳要當心人老珠黃後，他還風采翩翩，就一腳把妳踢走啦！』唉，真拿我妹沒辦法！」

說笑歸說笑，可過了一晌兒，江嘉陵又有些擔心了。

「茵茵，妳看我小妹說的有沒有可能成真？」

楊茵茵把車轉進巷子，好笑的看了江嘉陵一眼。

「嘉陵啊，妳對自己的愛情要有信心才對。妳看江杰，他對自己想要的都全力追求，妳也得有勁兒一點才行！」

「好啦，到了。」楊茵茵停下車子，江嘉陵下車後又探頭進來。

「茵茵，哪天找個時間，我帶江杰來，大家一起認識認識吧！」

「好啊，拜拜！」

楊茵茵把車開出巷子，心裡簡直立刻對自己鄙夷起來——明明是根本不信任愛情的自己，剛剛居然一本正經地勸別人要相信愛情，還要全力追求……自己今天到底是怎麼了？她搖搖頭，把車加快速度離去。

楊茵茵覺得眼前白茫茫一片，彷彿看到郁如的身影掠過角落……定神一看，是嘉陵——她雙手放在膝頭，坐在一張椅子上，旁邊還圍坐著一群人。這是……糖尿病自助團體聚會？嘉陵面無表情地說著：我要結婚了。

不對，不對！楊茵茵甩甩頭，嘉陵怎麼會在聚會裡？她再仔細一看——是自己！一個穿著白紗洋裝的小女孩，大大咧著嘴在哭。一切就像褪了色的默片一樣，聽不到任何哭聲，只看到張得大大的嘴裡那個好深的洞，又深又黑……楊茵茵覺得自己掉進去了，一直往下墜、往下墜……

驀地裡，她看到媽咪，滿臉憂傷地守在自己醫院床前——我快死了嗎？楊茵茵疑惑著。一轉頭，她又看到爸媽在爭吵，比手畫腳的不知說些什麼。聽顧媽說，爸媽結婚時，郎才女貌，又都出身企業世家，是公認的一對璧人。但是，自從自己發病後，她感覺到家裡的氣氛變了。爸爸開始越來越晚回來，爸媽之間也冷淡而疏遠。雖然爸媽從不在自己面前吵架，但她有次睡覺時偷偷聽到了：爸爸家人希望媽媽再生孩子，一定能生個健康的孩子出來，但媽媽不肯。媽媽只要照顧茵茵，不願再製造悲劇。她記得爸爸在外頭有女人的地方應酬喝酒，搞到三更半夜才回來，白襯衫的領子上還有個口紅印哪……

楊茵茵看著白襯衫在眼前飄飄盪盪、起伏不定；覺得整個人昏沉沉的，像泡在黑幽幽的游泳池裡。她用力往上游。水面上霧濛濛的亮光裡，傳來爸媽對話的聲音……她使勁地游；周圍沒有水聲，一切都是靜止的——這是夢！我要醒來！醒過來！

忽地一下，她浮上衝破了水面，眼前一片光亮——這……這還是醫院病房。但只有媽媽佇立床邊，爸爸不見了。媽媽眼神空洞，臉色好白，白的像雪，只有嘴角流下刺目的鮮血。床上的小茵茵嚇的「哇」一聲哭出來，緊緊摟著媽咪不放，大喊：媽咪不要離開我！茵茵只有媽咪了！茵茵以後一定不哭不鬧，乖乖按時打針。媽媽！不要離開我！

這是夢，這還是夢！楊茵茵腦袋裡轟然喊著——她看到媽媽用臉頰擦擦自己的鼻頭，手上拿著一條鑽石項鍊，墜子刻成精緻的立體小星星，五彩光芒在自己眼前旋轉不停。茵茵乖，妳不是老在說天上的星星好漂亮。媽媽深深的大眼笑得彎彎的：妳瞧，媽咪幫妳摘下來了……

楊茵茵猛然驚醒，渾身冷汗涔涔。她發現自己正躺在臥房床上；中夜寂寂，四周悄無聲響。

剛剛是做夢？又像以前一樣，夢見自己在水中掙扎了。只是，水面上似乎是爸媽在講話？她楞楞握著胸前的鑽石項鍊；醫院病房那一幕似幻似真……她努力回想著。十幾年了，自己當時年紀又小，她實在記不清確實情況，只記得自己好像吵著要天上的星星……

「小姐，妳怎麼了？」顧媽衝進門來。「我睡著好像聽到妳的喊聲，又做噩夢了？」

「嗯……」楊茵茵翻了個身，顧媽坐在她的床邊。她記得自己發病一年後，爸媽離婚了。很快的，爸爸經由家人安排再娶，生了兩個女兒，現在太太和小孩都住在美國。自從爸媽離婚後，自己就拒絕再叫那個男人一聲「爸爸」。

「顧媽啊，」楊茵茵把頭偎在顧媽懷裡。「我小的時候，是不是真的很壞？」

「嗯，」顧媽帶笑回憶著。「任性的很哪！不過也難怪，小小孩子受這麼多苦…」她心疼摸著茵茵從小到大都瘦乾乾的手臂。

「可是啊，自從妳媽一個人後，妳就好乖、好懂事。長大以後又聰明又傑出，直把妳爸媽兩家等著看妳媽笑話的親戚都氣壞了！哈哈！」

「茵茵啊，我看妳流了這麼多冷汗，幫妳測一下血糖好不好？」顧媽從床頭櫃拿出血糖機，楊茵茵順從的任她擺佈。看著顧媽低垂的額角，已飄盪數條白髮，她伸出右手撥弄著。

「顧媽，妳有白頭髮啦？」

「小姐，我都快五十歲啦！還滿頭烏黑不成了妖怪？」

「顧媽……」楊茵茵皺眉楞楞問道：「妳看，我能不能活到有白頭髮的時候？」

顧媽心頭一緊，鼻子開始發酸了。她直拿著血糖機給茵茵看，口氣堅定。

「瞧，妳血糖值這麼正常，沒問題的！」

仰頭看著顧媽不自然的笑臉，楊茵茵想到最近手腳麻的越來越厲害。有時，腳都麻的上不了樓梯了。她沉默下來，往顧媽懷裡再靠緊一些，整顆頭都埋了進去。

12

「杰！起——床——啦——」

江杰昏昏沉沉地醒來。睡眼惺忪中，他看到江嘉陵坐在床邊，滿臉笑容凝視自己。

「唔……幾點了？」江杰懶懶翻了個身，把頭埋進枕頭底下，眼睛又閉上了。

「喂，已經九點半了！」江嘉陵把枕頭掀開，湊過頭去在江杰耳邊叫著：「再不快點，你上課要遲到了！第三堂課還會遲到，不太好意思吧？」

江杰突然反身親了江嘉陵面頰一下，把江嘉陵嚇了一跳！他心裡甜甜的想：一早睜眼就能看到陵，這種感覺真幸福，像一醒來就被陽光曬滿全身一樣！

「沒辦法！昨天K書一直到晚上十一點圖書館關門才走，又跑到籃球場打了一會兒球才回宿舍睡覺。」江杰邊笑邊說，還忍不住張大嘴打了個呵欠。

「準備期中考很累吧？」江嘉陵關心問道。

「哈，我一定要維持名列前茅！」江杰一骨碌坐了起來。「這樣將來才有機會申請到國外大學的獎學金！」

他看看窗外，晴空蔚藍如洗，風和日麗的誘人心動。

「陵，上午有沒有事？」

「也沒什麼特別的事，大概待在研究室吧。」

「好，那我們到校園裡晃一晃吧！」江杰起身，準備去洗臉刷牙。

「喂，你要翹課？」

「呣，天氣不錯嘛！反正偶爾才翹一次，沒問題啦！」江杰揮揮手，進洗手間去了。

「嗶！」

尖銳電子聲響劃破平靜，江杰匆匆擦乾臉跑了出來，在床鋪零亂角落摸出一個呼叫器。只見他手一按，呼叫器就靜止不響了。

「杰，你有呼叫器？」

「嗯，最近我媽買給我的，剛剛也是她在呼叫我。」江杰聳聳肩。「她嫌兒子一天到晚也不曉得打通電話回家，她打電話來宿舍又總是不見人影，所以買條狗鍊子拴住我。」他晃晃手上的呼叫器。「這樣就不論我人在哪兒，都能抓到我啦！」

江嘉陵想著，直到現在她都還沒見過江杰的媽媽；只在少數幾次打電話去江杰家時，聽過他媽媽的聲音；清清脆脆的，講話很有條理。

「走吧，出去回電話給我媽，順便吃早點去。」江杰攬著江嘉陵出去，呼叫器順手「啪」的一聲丟落床上。

江嘉陵從福利社買了茶葉蛋、熱包子和豆漿出來，遠遠就看見江杰在單車上向她招手。

「打過電話啦？」

「嗯。」江杰坐在校園台階上啃著包子，江嘉陵在一旁幫他剝茶葉蛋。

「講什麼事？」

「沒什麼。我媽提醒我天氣熱了，下次回家記得把冬天的被子帶回去，她要洗洗收起來。」

「哦……」江嘉陵把蛋遞給江杰，吞吐問道：「你……跟你媽提過我們的事嗎？」

「嗯，」江杰想了想。「我媽知道我交了女朋友，也問了一些有關妳的事，就這樣。」

「就這樣？」

「怎麼啦？」江杰攬過江嘉陵的肩頭，仔細端詳著她。「不高興了？」江杰嘴角浮現笑容。「為什麼？」

江嘉陵不回話，反問他道：

「你猜為什麼？」

江杰故意皺眉思索一會兒。

「嗯……大概和我打電話去妳家，妳爸媽居然不知道我是誰，那時我的不高興差不多可以比擬吧？」

「你！」江嘉陵心頭氣湧，抽身要走，江杰忙環抱住她。

「好—好—好—我錯了，對不起。」江杰湊到江嘉陵耳邊溫柔說道：「這樣好了，我暑假帶妳回家，讓我媽看看未來的兒媳婦怎麼樣？」

「你厚臉皮！」江嘉陵轉嗔為喜。

「喂，江嘉陵小姐！將來，我還要帶妳一起去非洲耶！」

「非洲……」江嘉陵楞楞地問江杰：「我們去那裡的話，三餐能吃些什麼？」

「喂！江小姐，妳把非洲看成是蠻荒之地啦！」江杰抗議喊著：「那裡不但各種肉類穀物都有生產，而且還有好多水果呢！」

「我跟妳說，那裡的香蕉出奇的大。而且硬的像竹竿一樣，要烘烤變軟以後才能入口哦！」

江嘉陵瞪大眼睛看著江杰：真是的！不知他從哪兒知道這麼多非洲稀奇古怪

的事情？

江杰吃完早餐後，江嘉陵坐在車前橫槓，江杰騎著單車，兩人就這樣在筆直的校園大道慢慢閒晃。上課時間校園裡人跡稀少，迴盪著難得的寧靜氣氛。大學畢業後，自己已經好久沒在校園裡吹風閒晃了……江嘉陵忽然想起：是在和江杰戀愛之後，自己才又重新尋回這種往日記憶。

「陵！」江杰俯首在江嘉陵耳邊說道：「到時我在南非念書放假的時候，我們就北上穿越非洲，一直到撒哈拉沙漠去。」

「到了撒哈拉以後，我們兩個就學當地人一樣，渾身裹上一條大羊毛毯；白天可以隔熱，晚上可以禦寒。我們兩個在沙漠裡晃啊晃的，等著夕陽西下。聽說在沙漠裡看星星特別清楚，一大粒一大粒好像要滴水出來一樣！」

「欸！你把那麼美的星星形容的很噁心耶！」江嘉陵笑著輕推背後的江杰胸膛抗議，順帶將他那不安份的，在自己耳際搜尋廝磨的滾熱雙唇也避開了去——

「啊！妳別亂動，人坐在前面很難保持平衡耶！啊……」江杰心慌意亂地低喊，行進中的單車開始歪歪扭扭起來。

「杰，小心——」

江嘉陵話猶未完，猛然煞車聲中，車身一歪，兩人嚇一跳倒在地上。玩鬧著爬起身來，兩人還兀自「咯、咯」的笑個不停。

13

滴滴答答的梅雨連綿多日後，今天終於放晴，似乎為楊茵茵、江嘉陵和江杰首次的三人出遊預示了好兆頭。

初夏的陽明山公園，到處是青翠樹木；偶爾還看見遠方山腰的硫磺坑裡，冉冉上升著溫泉暖氣。三人漫步在樹叢小徑閒話家常，江杰體貼地背著攝影三角架、畫板和各式裝備。楊茵茵找了一方石椅坐下。

「嘉陵、江杰，我覺得這地點很好，先在這照幾張。你們別管我，自己找地方畫吧。」

「嗯，好的。」江嘉陵應道，在距石椅幾十步開外的地方也把畫架安上，和江杰兩人親密談笑。

楊茵茵撥弄著相機，覺得全身倦怠。本來自己患的病一直讓身體容易疲憊，但今天卻是因為撐著麻痛雙腳走太久了。手腳的神經麻木治療結果見效不大，雖然張醫師安慰自己：只要感覺疼痛，就表示神經細胞還沒有死。但是，如果手的情況更嚴重一些，恐怕自己就再也不能拍高難度的照片了……

楊茵茵偏頭注視不遠處的嘉陵與江杰，雙方都是高個兒和麥褐膚色。陽光燦爛下，兩人顯得登對而相襯，活力四射又充滿希望。她心頭一動，拿起相機悄悄拍攝那對情侶的一顰一笑。而那對情侶，也渾然未覺對準著他們的鏡頭。

「陵，妳顏色用得太暗了！」江杰站在江嘉陵旁邊指指點點，似乎自己是個行家。「妳看，這一大片樹木看過去這麼綠，妳畫裡用的色彩太保守了！」

江嘉陵微笑不語，另抽出一張白色畫紙。

「杰，你仔細看。白色畫紙在陽光下是不是反光的很厲害？」

江杰頷首。

「所以囉，在陽光下作畫，就會不知不覺用太多顏料去遮蓋反光的白色畫紙；可是卻忽略了：畫作最後是擺在室內欣賞，而陽光比任何室內光線都更亮。所以在陽光下顯得剛剛好的用色，擺在室內就會太鮮豔，反而失真了。」

江杰聽得一楞一楞，江嘉陵越說越得意：

「你走開啦，別專門站在畫架旁干擾我作畫！」

「妳哦——」江杰作勢要捏江嘉陵的鼻子，江嘉陵嬌笑閃躲。

「好啦，好啦！我們去看看茵茵拍得怎麼樣了？」

江杰微笑審視江嘉陵。

「陵，妳老實說：今天是不是存心帶男朋友來給閨中密友評分的？」

江嘉陵裝作沒聽到，也微笑著搶先一步轉身就走。楊茵茵看他們兩人往這兒來了，急忙把鏡頭轉向遠處蒼翠的山巒。

「茵茵，在拍什麼？」江嘉陵笑問。

「嗯，沒什麼。」

江嘉陵轉頭向著江杰，得意地拍拍茵茵。「江杰，茵茵可是名攝影師，得過美國、台灣好多攝影比賽的大獎哦！」

楊茵茵含蓄微笑。「江杰，我聽嘉陵說，你很用功念書，將來想拿獎學金出國深造？」

「是啊！西藥方面還是國外比較先進。如果學回來以後再跟國內的中藥知識互相對照，也可以做出一些外國沒有的東西。」江杰彎下身來，從楊茵茵坐的石椅旁拔起一株野草。四角形的草莖上，開著淡紫色的唇形小花。

「你們看，這叫連錢草，可以促進血液循環，是中藥的一種。其實陽明山上有很多野生草藥，一些店家都會定期上山來採。」

楊茵茵感興趣地接過那株野草，拋給江嘉陵一個欣賞的會心微笑。江嘉陵面對面接個正著，也開心地微笑起來。

從陽明山公園回家，來應門的顧媽神氣不大對勁。楊茵茵一進門，果然——媽媽端坐在客廳裡，旁邊還坐著一位五十開外的男人，是這家裡自己不歡迎的常客。男人雖然年紀大了，但身材仍保持得很好；西裝革履，看得出年輕時的風采翩翩。

「茵茵，」媽媽溫柔開口了，語氣透著一點緊張。「妳爸爸知道我出差剛回國，特地過來看一看我們。」

「嗯。」楊茵茵匆匆掃了男人一眼，冷冷應道：「媽，我很累，先上樓了。」

顧媽急急跟上樓去。男人注視著已空無一人的樓梯，眼光久久不肯移去。略顯老態的臉上，盛滿失望與落寞。若容看他如此，千言萬語也不知從何說起；只能靠過去，安慰地拍拍他的肩膀。

「有一天，茵茵這孩子會想通的。」

「我不怪這孩子，我當初是個懦弱的父親。只是，我有時候會想，人生難道不能重新來過？」男人調過頭來，黯然說道；若容逃避開他似有所訴的目光。

「是我對不起你們母女。唉，現在說什麼都已經太遲了……」

送走前夫後，若容悄悄上樓探望女兒。茵茵側身倒在床上。顧媽看太太進房，就從床邊起身先出去了。

「茵茵，妳睡著了？」若容輕輕喊著。背對若容躺著的茵茵動了動，不情願地翻過身來。

「茵茵，今天出去玩得很累啊？」若容坐在床邊，愛憐撫摸茵茵的頭髮。

「還好，不會太累。」楊茵茵無精打采地回答。

「嗯，茵茵⋯」若容思索著自己的措辭。「剛才⋯妳知道，這麼多年來，妳爸爸一直很關心妳⋯⋯」

看著茵茵漠然的表情，若容也不再說下去。類似的話自己說了那麼多年，可是好像一點效果也沒有。靜默中，茵茵突然抬頭。

「媽⋯⋯妳和爸當初為什麼會離婚？」

若容震動了一下。這個問題茵茵從未問過。她凝視自己的女兒，後者那種神色自己從來沒有見過，她才驚覺自己的小茵茵是長大了。

「是不是⋯⋯是因為⋯⋯」楊茵茵抖著嘴唇，那個「我」字尚未出口，就被若容截斷了。

「我想，是因為自己覺得很失望吧！」深吸口氣，若容慢慢回憶著。「那時，自己好像不管是對妳爸爸、對愛情、對婚姻、對人性，都感到很失望。一團混亂裡，就決定用離婚來結束這一切。」

「別胡思亂想，茵茵。」若容眼神從迷濛遠處拉回到自己女兒身上。「唉，妳今天出去很久，先睡一覺吧。不過，妳和妳爸爸之間⋯⋯這樣妳很累的，知道嗎？」

楊茵茵楞楞聽著，不大能理解母親這一大篇話中含意。似懂非懂地點點頭，隨即乖順閉上眼睛。實在太倦了，無法集中注意力思考，她漸漸睡著了。若容靜靜陪著她，想到今天早上向爸報告出差的情形。爸爸根本心不在焉，只想著又有合適對象要介紹給自己。

「爸——」若容拉長尾音表示不滿。

「若容，妳也老大不小了。妳知道，」爸乾咳一聲。「茵茵她不可能陪妳一輩子的⋯⋯」

「我知道。就是因為這樣，我才決定：這條路，我一定會陪她走到最後一步為止！」

「若容！」爸為之氣結。「妳也得為自己想一想！唉，當初我不該就讓妳這樣離婚了。夫妻雙方都在氣頭上，說離就離了，弄得現在茵茵也不認她爸爸。真是⋯⋯都是我的錯！」

看著滿頭白髮的爸爸，還在為自己操心煩惱，若容覺得心上不忍。

「這不關爸的事。當初⋯⋯」若容頓了一頓。「不過，那時自己有信心，可以照顧好茵茵一輩子的！」

爸爸深深凝視著她。

「那麼⋯⋯現在這信心有動搖嗎？」

「現在……」若容輕問著自己。拉回飄盪的思緒，看著床上茵茵熟睡的容顏。有誰會知道呢？人總是在做了選擇之後，再不斷揣想做另一種選擇可能的結果。其實，這都是無解的答案。

14

「杰，你看我穿這樣還可以吧？」江嘉陵緊張詢問江杰。江杰趁暑假帶自己回他家拜訪，今天是第一次和江杰母親見面，一定得給人家留下好印象才行。

江杰把江嘉陵從頭到腳看了一遍。陵把一頭長髮直披下來；細麻襯衫搭配水紅色裙子，襯托出俏麗的氣質。

「妳今天看起來好看極了，我媽一定會喜歡妳！」江杰讚聲不絕，心上卻有些輕飄飄的不踏實感——從前每次向媽提起陵時，媽總顯得不大熱衷；反而提醒他男孩子應以事業為重，別太早被戀愛綁住。不過，江杰甩甩頭。人總要見面才能培養感情。現在安排媽和陵見面，就是要讓他們先彼此互相熟悉。到時大家同住一個屋簷下，再生幾個小嘉陵和小江杰，成天在眼前邁著短腿轉來轉去，熱熱鬧鬧的，一切就太圓滿了！

兩人共騎摩托車抵達江家。一進門，江母早已泡好熱茶準備待客，一看即知是個很秀氣細緻的婦人。

「謝謝伯母，不敢當。」江嘉陵接過茶，拘束地坐在沙發上。環目四顧，不大的公寓房子，卻收拾得十分雅潔可喜。到處可見巧手編織的手工藝品點綴裝飾，想必是出自江伯母之手。

「嘉陵，聽小杰說妳家裡還有個哥哥和妹妹？」江母問道。

「嗯，我排行中間。」

「那令尊是從事哪個行業的呢？」

「哦，是公務員，快退休了。」

「聽小杰說，妳在念碩士。預備什麼時候畢業？」

「嗯，論文順利的話大概還要半年才行。」江嘉陵覺得江伯母像審查似地看著自己，開始渾身不自在起來。「可是……我論文不想趕得太辛苦，寧願慢慢寫。這樣……呃，比較從容。」

「是啊。」江母微笑了。「女孩子比較沒有壓力。不像男孩子，年輕時總得把精力放在為事業打基礎上，多努力一點才行。」

江母的話餘音裊裊，客廳裡三人之間的空氣開始僵硬沉滯下來。一直沉默不語的江杰開口了：

「媽，該開飯了吧，我好餓了。」

「好，」江母笑道：「今天我做了你愛吃的栗子燒雞。你明年就畢業了，以後當兵、出國，想常吃到可就難了！」

江母趕忙起身往餐廳走去，愛憐地招手叫江杰去廚房端鍋子，一旁的江嘉陵覺得有點無趣。在江家母子之間，自己就像個不相干的陌生人。而這個時候的江杰，感覺上也好像距離自己好遠、好遠……

江母在桌邊擺佈碗筷，江嘉陵和江杰在一旁湊和著幫忙；三人坐定後，江母舉筷稱道：

「嘉陵啊，沒什麼菜，都是家常菜而已。」

「沒有，沒有……」江嘉陵慌忙應對：「菜太好了，太多了呢！」

「嘉陵，小杰計畫將來赴美深造，妳對未來有什麼打算？」

「美國？江杰不是想要去南非嗎？」江嘉陵沒留意到江杰在一旁猛丟眼色，馬上脫口而出。江母聞言頓時臉色一沉。

「小杰，你不是跟我說早就打消去南非的念頭了嗎？」

江杰只是沉默著，江母克制住自己的情緒。

「開飯吧，菜都涼了。」

一頓午飯，就這樣在尷尬而沉悶的氣氛中草草結束。

飯後江杰送江嘉陵回家，兩人在路上大吵一架。江嘉陵越想越委屈，江杰居然指責自己：

「妳為什麼這麼莽莽撞撞的，把氣氛都搞砸了！」

明明是江杰自己隱瞞他媽媽，竟然還怪到我的頭上！江伯母認為美國文憑吃香，不贊同江杰去南非的計畫，其實也是人之常情。雖然吵完架後，江杰向自己道歉賠罪，但江嘉陵仍然難以釋懷。今天的江杰對她而言，是那麼的陌生。這就是總和自己心有靈犀一點通的可愛男孩？

江嘉陵心裡一陣沒來由的傷心，坐在自己房間床上抱著枕頭，顧影自憐起來。小妹看電影還沒回家，不過和她講也沒用。小妹那一代的年輕小孩想法獨特，有時她似乎和小妹是無法溝通了。爸媽雖然就在外面看電視，但江嘉陵更不敢講，因為就連今天去江杰家都是瞞著二老去的。自從爸媽知道江杰的細節後，就不樂意他們交往下去。而自己論文進度的落後，爸爸更是全數怪到江杰頭上了。

百無聊賴下，江嘉陵拿起電話，撥了個熟悉的號碼。她覺得自己快被千般思緒淹死了，需要找個知心的人一吐為快。

「喂——」電話彼端傳來熟悉的聲音，頹喪的江嘉陵頓時振奮起來。

「喂，是茵茵嗎！太好了，妳在家！」

「怎麼啦？」

「沒什麼……」憶起江伯母對自己的眼神與話語，江嘉陵直覺一股莫名的不安，把今天發生的事原原本本說了一遍。

「那麼……妳是說，」茵茵沉吟著。「江杰告訴妳他還是想去南非，卻沒有告訴他媽媽，後來他媽就很不高興了……」

「嗯。茵茵，我好害怕。」江嘉陵低聲說道：「對這段感情，好像從頭就充滿了不確定感。」

江嘉陵連珠砲地發牢騷，整整講了兩個多小時的電話。楊茵茵耐心傾聽，適時給她安撫的意見，江嘉陵情緒才漸漸平靜下來。

「其實……嘉陵，我想江杰夾在他媽媽的希望和自己的意願之間，可能掙扎得也不好受。」

「可能吧……」江嘉陵聲調回復了正常。「我應該多體諒他的。今天其實也沒發生什麼大事，自己庸人自擾、東想西想，就越來越煩，心情越來越壞，真是的！」江嘉陵不好意思地輕笑起來。

「今天真謝謝妳，陪我聊了這麼久。茵茵，我就知道我能夠依靠妳的！」

楊茵茵乍聽嘉陵充滿感情的聲音，覺得有些驚愕——什麼時候，這樣的自己，也能給別人一付溫暖的肩膀……這是自己根本想都沒想過的事！

「茵茵，再見！」話筒彼端傳來嘉陵愉悅的聲音；「喀嚓」一聲，電話斷了。楊茵茵猶抱著話筒，怔怔的出神。

15

「陵，午餐飯盒買來了。我還買了一包鹽酥雞，快來吃！」

江杰與高采烈跑進江嘉陵的研究室，兩人快樂地窩在角落一起吃便當。研究室裡其它夥伴看到這幕情景，莫不發出會心的微笑。

暑假過後，江杰升上大四。大四要修的學分很少，整個禮拜只上幾堂課。空閒時間多了，江杰就常待在女朋友的研究室裡消磨時間。

兩人吃完午餐，邊嚼鹽酥雞邊聊天。研究室裡的人陸續走光了，大家都出去吃午飯休息。

「天氣變冷了，你怎麼還穿著夏天的衣服？」江嘉陵提醒江杰別著涼了，但江杰蠻不在乎。

「我媽最近也老是催我回家拿厚一點的衣服，順便把宿舍裡夏天的衣服通通帶回去，不過我總是忘了這檔子事。」

江嘉陵聽了也只得搖搖頭，真是拿杰沒辦法。她看了看錶，已經一點多了。

「杰，你不是要趕篇報告，下個禮拜要交？」

「嗯，」江杰又塞了口鹽酥雞。「跟報告有關的書看完了，資料也收集好了，就等開始動筆寫。」

「那你快回宿舍寫吧，別在這兒陪我了。」江嘉陵三催四催的，江杰總算起身回去趕報告了。

江嘉陵繼續埋首做實驗。肚子吃得飽飽的，腦子就開始不太清醒了；江嘉陵打了個呵欠。麥金塔電腦螢幕中的化合物立體構形分析，好像也越來越模糊不清了……

「嘉陵，想睡覺啦！」

江嘉陵陡然清醒，抬眼一看：原來是羅賓安。他八成是來找瑋君的。從暑假起他們兩人就越走越近，現在已經是公開的一對了。看來以前羅賓安帶實驗課時常跑來找自己和瑋君聊天，在系館時也會到這個研究室來晃一晃，可不全是無心之舉哦！

「嗯，吃飽飯就想睡覺啦！瑋君去吃午飯還沒回來。」

「這樣啊。她剛去找我一塊吃飯，可是我實驗做到一半沒法離開。」羅賓安搓搓手。「嗯，我在這兒等瑋君回來好了，反正沒事。」

「哎，那你來幫我看看這個。」江嘉陵指著電腦螢幕。「幫我分析一下這個化合物的立體結構，是哪兒阻礙了反應？」

江嘉陵話猶未完，江杰一腳跨進研究室來。

「咦，你怎麼又回來了？」江嘉陵奇怪問道。

江杰向羅賓安打過招呼，頭髮有些蓬亂。

「沒有。回宿舍以後好睏，就倒在床上小睡一覺，剛剛才醒。報告明天再寫好了！」

江嘉陵笑了笑，就和羅賓安繼續在電腦前討論。江杰在江嘉陵的實驗桌前看自己帶來的書；瞥見陵和羅賓安有說有笑的樣子，心裡有些發悶。

兩人討論完後，羅賓安一時興起，又講到他的污水實驗去了。

「我現在正在做垃圾滲出的廢水裡，可能含有多氯聯苯的研究部份。」

「多氯聯苯有很多同分異構物，要從廢水中逐一分析出來，難度一定很高吧？」江嘉陵問道。

「哈，一共有兩百零九種同分異構物，氯含量越高的毒性就越強。」羅賓安誇張比著手勢。「毛細管柱的氣相層析對於分析多氯聯苯效果很好。不過，做多次氣相層析費用貴又花時間，所以我那個研究室只做單次氣相層析而已。」

江嘉陵看著胖胖的羅賓安，心裡暗想：他對那些瓶瓶罐罐的臭水真的情有獨鍾。整間研究室就像個大垃圾場，只見他在裡面鑽進鑽出做研究，天天如是也樂此不疲。

江杰此時偷瞄江嘉陵一眼。只見陵的眼睛緊盯羅賓安，面露欣賞之情，似乎根本忘了自己的存在。江杰覺得不是滋味，隨意撥弄實驗桌上的儀器，弄得玻璃器皿叮噹作響。陵和羅賓安似乎被聲音驚動，向自己這兒看了一眼——只有一眼！江杰憤憤想著，然後他們又轉頭談論多氯聯苯去了。真是見它的大頭鬼！

江杰眼光搜尋桌上。嗯，有一杯濃硫酸。他湊近鼻子，嗆人的氣味頓時衝進腦子。他覺得很興奮、很刺激，順手賭氣倒了杯蒸餾水下去——

江嘉陵和羅賓安正聊得高興，忽然耳邊傳來「嘶——」的液體四濺聲，兩人忙回頭一看——

「杰！」江嘉陵驚叫，立刻衝過去。江杰把蒸餾水倒進燒杯裡的濃硫酸，馬上起劇烈反應。酸液自杯中四濺，弄得桌上、地上到處都是。

江杰的手也被濺到幾滴。江嘉陵慌忙扭開水龍頭，「嘩啦、嘩啦」地沖他的手。其實只有濺到幾滴，這沒什麼。只是發生在杰的身上，仍舊令江嘉陵心驚肉跳，煞費周章的用水沖個不停。

江嘉陵捧起杰的手仔細端詳，還好沒怎樣！她緩下心來，抬眼看杰，後者正癡癡注視著她。

「杰……你不是有做過化學實驗嗎？要稀釋強酸強鹼，一定要把酸或鹼慢慢加進水裡。不可以顛倒過來，把水加進酸鹼裡，這樣會起劇烈反應，很危險的！」

江杰霎時臉色一沉，把自己東西「乒乒乓乓」捲進懷裡，一陣風般走了出去。江嘉陵既驚愕又尷尬，想跟出去，又放不下這兒的一團混亂。

「嘉陵，妳跟去吧。」羅賓安開口了。「這兒我幫妳收拾。」

江嘉陵感激地看了羅賓安一眼，匆匆出去追上江杰。她又生氣又困惑。

「江杰，你到底是怎麼了？」

江杰回頭看她，陰陽怪氣的沉默不語。江嘉陵火氣上升，也顧不得這是在校園大道上，到處人來人往了。

「喂，江杰！」她高聲質問：「你說話啊！」

江杰悶悶開口：

「江嘉陵，妳不要用『助教』的口氣對我講話！我有機化學實驗早在大三就已經修完了！」

江嘉陵聽畢，一口氣差點接不上來；想出口反擊，卻又瞥見江杰眼中一抹受傷的表情。她心軟下來，語調放柔了。

「我剛在研究室可能說話太急了，可是……」說著說著，江嘉陵突然感到很委屈。「可是我也是因為擔心你才會這樣！你……」

「妳擔心我嗎？」江杰冷冷反問。

江嘉陵楞了一楞：這是什麼意思？看著江杰直冒酸意的眼睛，她腦中一閃——難道……他在嫉妒？

「江杰，你不要這麼無聊好不好！羅賓和瑋君已經是一對了，我只是和他很熟，談談天而已，你真是……」她想脫口而出「幼稚」二字，卻硬生生的在舌尖轉了一圈，又忍住嚥下了。

「我真是什麼？」江杰挑釁問道：「妳把話說完，不要只說一半！」

「你真是——」江嘉陵一時辭窮；心念一轉：會不會杰稀釋酸液時是故意顛倒的，只為了引起自己的注意……這念頭使她背脊一陣發涼，眼睛只是盯著江杰不動。

江杰看她不語，轉身大步走開。江嘉陵頹然坐倒路旁樹叢，熱淚流淌一臉。憤憤想著江杰的依賴、黏人、嫉妒、孩子氣、不穩定、陰陽怪氣……可是，同時又轉念記起他的爽朗、細膩、感性、熱情、有理想、有衝勁……這麼多看似矛盾的優缺點，卻不可思議地相容在杰的身上。江嘉陵只覺得心亂如麻，不知到底自己是該愛？抑或該怨？

「陵，妳哭了……」

江嘉陵抬頭一看——是杰！他回來了！江嘉陵想笑，卻笑不出來，淚反而落得更兇。

「對不起！我……」江杰坐到江嘉陵身旁，兩道濃眉苦惱地糾結著。「我只是控制不住我自己。我也不知道今天自己的行為怎麼會這麼反常！」江杰低低說著：「我嫉妒妳和羅賓安一起談笑，自己也知道很可笑。但是……」江杰緊緊握住江嘉陵雙手。「我真的好愛妳！我好怕……怕會失去妳！我想，自己是最近壓力太大了才會這樣。我保證，以後再也不會了！」

「壓力？」江嘉陵困惑地看著江杰。

「妳父母不喜歡我，自己又快當兵去了，我也怕妳介意我媽不中意妳……我真的好怕！表面上卻得裝得自信滿滿，免得妳看到我沒信心，妳對這段感情就更沒信心了。」江杰把頭煩惱地埋在江嘉陵懷中喘息起來。他喘息的熱氣吹著江嘉陵的臉頰、耳朵、脖子，把江嘉陵也吹得迷糊了，全身燒了起來又癱軟無力。

「陵……」江杰在江嘉陵唇邊低低呻吟著：「嫁給我好嗎！我們一畢業就去公證結婚！瞞著別人，只有我們兩人知道。這樣我才能安心當兵去！」

「嗯……」江嘉陵模糊應著。她努力想理性思考，心緒卻隨著江杰的吻片片飛揚。

「陵，好不好，答應我……我不要再孤孤單單一個人了，我好怕！我們要一起創造一個家，一個溫馨美滿的家…」江杰喃喃訴說著。透過緊貼的軀體，江嘉陵感到江杰體內狂跳的搏動，狠狠撞擊自己意志逐漸渙散的心房……

「陵，嫁給我好嗎？讓我照顧妳一輩子！求妳……不要說不……我會……」

江嘉陵伸手掩住江杰的口。

「我答應你！」

「真的？」江杰狂喜，深深凝視江嘉陵酡紅的面頰——這是真的！兩人目光相對，天地俱失，整個世界彷彿都為他們倆響起幸福的鐘聲。

16

江嘉陵坐在計程車裡，從車窗向外望。陰沉沉的天空，好像快要下雨了。可是，江嘉陵心裡暗道：就是不許下！因為今天，可是自己結婚的大喜日子呢！

江嘉陵身穿一襲橘紅洋裝，頭髮高高盤起，臉上喜氣洋洋的。坐在前座的司機似乎也感受到這股喜氣，滿面微笑地回過頭來。

「小姐，妳去法院是要公證結婚哦？」

江嘉陵有些羞怯地點了點頭，臉上的笑容更燦爛了。

下了計程車，馬上直奔法院公證處，趕得有些微微冒汗。杰、茵茵、瑋君和羅賓早就在那兒焦急等候了。一見她露面，大家才鬆了口氣。

「嘉陵啊，終身大事還會遲到？」瑋君輕鬆調侃江嘉陵，後者不好意思地輕笑，脈脈凝視江杰。杰今天穿著深藍色西裝，顯得突然成熟許多。這可是自己第一次看到杰如此正式打扮呢！

羅賓安嘻皮笑臉說道：

「咦！嘉陵，妳遲到的時候我們都好擔心，以為妳不……」

話猶未完，瑋君已狠狠瞪了羅賓安一眼，他剩下的話也被瑋君瞪回肚裡。意會到未完的話為何，大家都表情尷尬。江杰暗暗牽住江嘉陵的手；江嘉陵感到杰的手心汗濕而冰冷，不禁柔情地回握過去。

「嘉陵，江杰，你們趕快去報到吧！」楊茵茵開口微笑說道。

「嗯，你們在這先等一會兒。」江杰說畢，就和江嘉陵去法院辦事人員那兒辦理報到手續。公證處裡人群熙熙攘攘，大多是衣裝簇新的結婚男女，還有雙方的親朋好友，擠得到處水洩不通。江杰和江嘉陵兩人的手一直緊緊相握——從今天起，兩人就是一體的夫妻了，終身不離不棄！至於雙方親人，等到過段時間，找個適當時機再慢慢告訴他們吧……反正江杰已畢業了，馬上就要當兵離開，公布結婚消息也不必急於一時。

「江先生，對不起，上次你來登記要公證結婚時附的身份證影本，我們不小心弄丟了。不過，你別擔心……」辦事人員掛上和善笑容。「我們已經根據你上次登記的資料，打電話去你家了。你母親說待會兒就會幫你送來。」

怎麼會這樣！江杰腦袋頓時一片空白——媽媽，您想來幹什麼呢？他轉頭看著江嘉陵，陵美麗的容顏也蒙上憂急的不安，他只得強自鎮定下來安慰著她：

「沒事的。一切有我在，妳放心…」江杰喃喃說道，臉色卻凝重一片，眼睛只管霧沉沉地盯著法院入口——媽，請您不要為難我！請相信自己的兒子…一切我都會處理得很好的，請相信我……

充當證人與賓客的楊茵茵、瑋君和羅賓安此時也無心輕鬆談笑了。大家都緊張的向入口處張望，不知江杰的母親何時就會出現？

忐忑不安的等待中，江嘉陵強抑咚咚直跳的心悸，感到江杰始終堅定地攬著自己，彼此好像都獲得支撐的力量。她轉頭看見茵茵投來的溫暖笑容，覺得自己沒心慌的那麼厲害了——對，自己應該要勇敢一點！如果江伯母待會兒來了，反對我、反對我們；自己一定不能軟弱。要請求她相信我們兩人不是鬧著玩的，我們是……

「嗶——」

刺耳的呼叫器聲，打斷江嘉陵的沉思，讓神經緊繃的眾人都嚇了一跳。江杰用楊茵茵的行動電話回電。

「喂，我是江杰。這裡有人呼叫我嗎？」

「江先生嗎？這裡是醫院急診處。你母親在路上被車撞倒了，我們在她隨身本子裡發現你的呼叫器號碼，請趕快過來一趟！」

江杰聞言電話差點掉落地上。心神不屬地交待幾句，匆匆開步就走。

「杰——」江嘉陵不由自主的脫口輕呼，聲音竟微微發顫。

江杰回頭不放心地看著江嘉陵，把呼叫器交給她。

「陵，有事我會呼叫妳的。」
楊茵茵攬過江嘉陵。
「江杰，你走吧！我會照顧嘉陵的。」
江杰點了點頭，轉身急急走了。江嘉陵看著江杰的背影，那麼決絕、那麼迅速，就這樣在法院長廊盡頭消失了。心頭一顫，她彷彿預感到什麼；身子一軟，悽然倒在茵茵的懷中。
楊茵茵把江嘉陵帶回自己家裡。若是現在送嘉陵回家，以她失魂落魄的樣子，大概會在家人面前穿幫。坐在茵茵陽明山家裡寬敞豪華的客廳，江嘉陵似乎沒意識到一旁關心的茵茵，以及初次見面好奇熱心的顧媽，只是一個勁兒緊捏手掌裡的呼叫器，深深陷坐在黝黑的皮沙發裡。
「咦，下雨了！」只聽得顧媽忽然驚呼一聲，就拋下客人，匆匆跑上樓收取晾曬的衣服。
江嘉陵被叫聲自沉思中驚醒，急急開口：
「茵茵！都過好久了，杰為什麼還沒呼叫我？」
「或許，江杰現在不方便吧？」楊茵茵遲疑回道。
江嘉陵惶然了。
「是不是……他媽媽真的怎麼樣了？」

楊茵茵聞言悚然一驚。她清了清喉嚨：

「嘉陵，妳不是一直想看我得獎的作品嗎？我帶妳現在去看好不好？」她搖了搖江嘉陵。「別一直坐著不動。會越坐越愁、胡思亂想的！」

江嘉陵依順楊茵茵的一番好意起身，手裡仍然緊握呼叫器，掌心潮濕一片。望著落地窗外撲枝打葉的雨勢，她茫然想著：杰，現在到底怎麼樣了？你快告訴我啊……

江杰騎著摩托車，冒著大雨，在馬路上瘋狂奔馳。超車、蛇行、闖紅燈……警告他的刺耳喇叭聲此起彼落；但，他早就不在乎了！四肢僵硬、血流加速的他，緊咬嘴唇，腦海只剩下一個唯一的意念——趕到醫院！趕到醫院！去看那從小到大，只有她陪在自己身邊的媽媽……

踏進楊茵茵的攝影室，江嘉陵第一眼就被茵茵母親的巨幅獨照吸引住。相片中人物高貴沉靜；眉宇間淡淡的憂愁，似乎也被相片中夕陽的金黃光暈，渲染得神祕而美麗。江嘉陵心頭一驚。

「這張照片……好像我替妳畫的那張肖像！」

「嗯，妳也看出來了。」楊茵茵頓了一頓。「妳畫的那張肖像，顧媽喜歡的不得了，就擺在她床邊櫃子上。」

「嘉陵，來看看這張吧！」楊茵茵指著並排的海景照片。「這就是我在美國得獎的那幅作品，在加州拍的。」

江嘉陵凝神欣賞眼前的大幅海景。整片深淺不一的藍色世界，裹藏微弱光點，分不清是黃昏還是黎明？海岸佇立一白衣女郎，身形模糊——江嘉陵完全被震撼了！攝影竟能調配出那麼多不同的各種藍色？她本來以為這是只有高級繪畫顏料才具備的能耐。江嘉陵心頭一鬆，手中的呼叫器不再如千斤巨石，原本纏繞不休的焦急、憂慮似乎也漸漸褪去。

「茵茵，這幅照片真的太美了！」江嘉陵衷心讚嘆。「妳從哪兒來的靈感？」

「我這幅海景創作的靈感來自一首英詩，大學時代在美國課堂上讀到的。」楊茵茵緩緩說道：「詩名叫作『渡沙渚』，是英國十九世紀著名詩人但尼生的作品。」

「但尼生用告別海岸，出發遠航來隱喻死亡；向另一個未知世界，或者說是向自己的本來歸處挺舟前進。所以，我想拍攝一處寧靜的海灣，象徵詩中的生命之源。生命之源的海洋是神聖溫柔的，也是神祕難測的。」楊茵茵沉醉凝視自己的作品。「我到現在還不能完全確定，自己是不是表達出那首詩的意境了？」

向另一個未知世界出發？江嘉陵背脊一陣冷意，耳邊已響起茵茵低吟的誦詩聲——

夕陽下，閃疏星，召喚一聲清朗！
願沙渚寧靜，我將出海遠航。
潮汐如夢幻，濤聲似止，浪花息。
大海深處湧來，又悄然退卻。
暮靄鐘鳴，黑夜將籠罩！
願訣別無悲聲，登舟起錨。
千古洪流，時空無限，滔滔載我至遠方。
渡沙渚一線，泰然見領航。

江杰紅著眼眶，一頭衝進急診處裡。長長的走廊兩側，排列一床又一床病患，四周圍繞愁容滿面的親人。江杰提著心口探頭一床床張望，胸口越來越悶，一陣哽咽湧上喉頭——媽……您千萬不能出事！他想起每次回家時，總有一個熟悉的身影，在溫暖的燈下等待自己。媽，求求您……求求您不要丟下我一個人啊！

江杰心底無聲吶喊著，鼻息喘促。直覺的，他看到前方一床病患，被白被單從頭到腳覆蓋著。他麻木移步向前，停住；在旁的醫師抬頭問他：

「先生，你是病人家屬江杰嗎？」

江杰不答。視線模糊，指尖顫抖。他拚盡最後一點力氣，輕輕揭開被單一角——

是……媽躺在這兒？不能這樣的！

整個世界霎時炸開，片片飛散。江杰身子一軟，跪倒在地，撕心裂肺地嚎哭起來。

17

今天，是最冷的除夕夜。

寒流來襲，朔風吹得門窗格格作響。室內沒有開燈，一片漆黑。江杰獨自窩在黑暗角落，靜靜坐在沙發上。

從軍隊放假回來，一整個下午，江杰就獨自靜靜坐著。不吃、不喝、不接電話也不移動。窗外斷續傳來稀落的炮竹聲，挑動江杰麻痺的神經——媽逝世的那一天，趕去法院途中，心裡到底在想什麼呢？怨我、怪我、氣我嗎？還是已經原諒我了？只是遺憾唯一的兒子結婚，居然不通知她？

從媽過去的那一天起，這個問題就一直縈繞不去。自己願意花任何代價，換回和媽見面短短數秒，只要問幾句話就好！可是，媽就這樣走了……留下永遠沒有答案的謎團，和自己無窮無盡的悔恨。

媽去世時，衣袋裡還留有一張兒子沾血的身份證影本；自己發現時忍不住全身顫抖起來。從小到大，只要是有關自己的一切，媽都打理得無微不至。自從媽過去後，江杰覺得自己生命的柱子被抽走了。內心某一塊地方好像被挖空了；風一吹過，那塊地方就被風灌得颼颼發涼。
大門倏然開啟，江杰以為是風的關係——
「杰——」
「杰，你在家嗎？」
燈亮了，映出江嘉陵修長的身影。江杰抬頭看她一眼，又垂下頭去。江嘉陵曉得江杰一定尚未吃飯，特地趁自己家裡還沒吃年夜飯前，偷偷送吃的東西到這兒來。江嘉陵沒敢向家人透露公證結婚的事，只概略敘述江杰母親車禍過世了。今天出門之前，雖然自己儘量壓低姿態，只說要出去一會兒，馬上回來；但大家彼此是心照不宣的。父親在客廳看報的摔杯聲，母親在廚房作菜的嘆氣聲，江嘉陵都聽在耳裡。自己從來不願讓爸媽如此不順心的，尤其在今天這麼特別的日子裡。但是，自己必須要關心、照顧江杰。畢竟，杰現在只剩下自己一個人了。
可是，自從江伯母過世以後，杰就好像也隨之冬眠了，把自己深深地封閉起來。江嘉陵記不清已有多久沒見過杰的笑容。她向沙發走去，坐近身子，想伸手安慰他——
杰閃開了！微微的、反射性的動作。他們兩人心底都抽了一下。江嘉陵驚愕地看著江杰，碰觸到江杰歉意的表情。但是，她即時抓住了在那表情之前，是一雙帶著罪惡感的眼睛！

江嘉陵眼淚迅速衝到眼眶。她站起來，幽幽說道：

「我……去幫你把飯熱一熱。」

走到廚房前，經過江伯母的遺照與牌位。莫名一陣刺心，讓她不由自主停下腳步。江嘉陵凝視香煙繚繞的遺照，想把全身力量都灌注在自己的凝視之中；但是，她心虛了……

她不敢再和像中容顏相對。轉頭，愴然遁入廚房的黑暗中。

春天來了。春暖花開，並沒有融化某些東西。一年前已完成碩士的江嘉陵，仍然留在指導教授的研究室工作。同研究室的夥伴，都明顯察覺到她的轉變。從前那個開朗的嘉陵不見了，只剩下沉沉心事堆積在眉宇之間。

最近，教授和美國藥商公司合作研究計畫，委託江嘉陵居中協調。藥商代表姓程，做事精明幹練。人才三十歲，就已在公司裡頗受重用。本來今天中午和程先生約好在研究室碰面，但江嘉陵腦子裡卻盡是浮現江杰越來越瘦的身影，心情煩亂不已。她隱約感到：杰是在有意無意地折磨、懲罰他自己……他不肯原諒他自己，無論自己怎麼努力都沒用！有人說：「時間能治癒一切傷痕」。是真的嗎？江嘉陵覺得自己快要喪失信心，瀕臨放棄邊緣了。

「嘉陵，在想什麼這麼專心？」瑋君輕聲問道。

「呃，沒什麼…」江嘉陵舒緩一下緊繃的神經。「可能是有點累。嗯…待會兒程先生要來，妳能不能幫我和他處理一些事情？」

「好啊，沒問題…」瑋君似乎還想接下去講什麼，但忍住沒說。

「哈，她當然願意了！」羅賓安在一旁酸溜溜的。「人家程天群年輕有為，長得好看又風趣幽默……」羅賓安還想掰下去，但看到瑋君臉上的表情就自動住口啦！

江嘉陵湊興地笑了一下，整理好資料交給瑋君，神情疲憊地走了。羅賓和瑋君之間慣常的打情罵俏，現在對江嘉陵而言，都在在觸景傷情。那種親密的感覺，在自己與杰之間，已經消失很久了。每一次，自己都期待杰放假回來，卻又害怕再面對他的幾許漠然……她甩甩頭，腦中一片混亂。太累了，明天再來好好想想吧。舉步踏過校門，她往街角一路直直走去。

過了一會兒，一位青年男子出現在研究室門口。雪白襯衫燙得筆挺，端正的五官散發一股書卷氣。

「程先生，你來了！」瑋君看見站在門口的男子。「江小姐有事出去了，今天我暫時代她處理一下。」

「這樣啊…」男子臉上掠過一抹失望神色，但瞬間就消失了，嘴角浮上笑容。「那麻煩妳了，不好意思！」

「不用客氣。」

「江小姐大概和男朋友約會去了吧！」男子語氣風趣自然。一旁的羅賓安湊過頭去正想開口，被瑋君從背後暗打一拐子，只得吃痛閉嘴。

「嘉陵她根本沒有男朋友，程先生可猜錯了。」瑋君若無其事說道：「程先生來看看這些資料，都是上個禮拜的實驗結果……」

瑋君和男子埋首研究資料，剩下羅賓安還楞在那兒——這是怎麼回事？瑋君為什麼……看著程天群瀟灑的背影，羅賓安似乎這才慢慢理出一些微妙頭緒了。

18

江嘉陵提著完成的畫稿走進攝影棚。阿倫正弓身賣力刨削保麗龍板，準備拍攝雪景。茵茵站在一旁微笑。隨著阿倫手下刺耳單調的磨擦聲，雪白屑末四濺飛散一地。

「嘉陵，妳來交稿啦！」阿倫抬眼招呼江嘉陵，頭髮上還黏著好些白色保麗龍屑，說畢又繼續低頭努力。

「嗯。」江嘉陵拿出畫稿，楊茵茵走過來仔細端詳著。

「茵茵，大熱天要拍雪景哦？」江嘉陵問道。

「嗯。可憐的模特兒，來了以後還要穿毛衣毛帽，在強光下站一下午呢！」楊茵茵抿嘴微笑。「對了，嘉陵，等會兒中午要不要一起吃飯？」

「哦，不行呢。」江嘉陵遲疑著。「我教授和美國藥商公司的合作計畫完成了。程天群今天中午要請我吃飯，謝謝這段日子的協助。」

楊茵茵聞言審視嘉陵的表情，沒察覺出嘉陵面部有特別的變化。近來聽嘉陵提起「程天群」這個名字，已經不是第一次了。自己曉得嘉陵還和江杰藕斷絲連；但是，看情形好像是回不去了……她目送嘉陵的背影，隱約感到有些不妥，陷入了深思之中。

典雅的餐廳，江嘉陵和程天群兩人對坐。桌巾和窗帘都是細碎花格布，很有點兒歐洲風情。

「江小姐，這些菜妳還喜歡嗎？」程天群細心問道。

「很好，謝謝。」江嘉陵看著玻璃牆外的行人忍受夏日正午熱浪，自己卻在牆裡舒服吹著冷氣，不知怎的還滿高興的。

「江小姐怎麼會選擇念藥物化學？江小姐這麼優秀，一定會把我們藥學系的飯碗都搶走的！」程天群身體前傾，感興趣地注視江嘉陵。從第一次見面到現在，自己對江嘉陵的好感與日俱增。他發現江嘉陵不只聰明亮麗，更有顆溫柔包容的心。自己從T大藥學系畢業後，又留學美國拿了碩士回來；這一路走來，並不是沒有經歷過感情上的事；但這次不同。程天群感到這次自己是真的動了心，有股想定下來的衝動。

「哪裡…」江嘉陵放下手中刀叉。「我選擇念藥物化學根本是誤打誤撞，不過幸好念得還算順利。」

「程先生在藥商公司工作好像很忙？」

「對啊！」程天群無奈苦笑。「公司每年都忙著研發新藥賺錢。每次只要新藥上市我們就慘了。為了宣傳推廣衝業績，加班出差早就是家常便飯了。」

程天群說得興起，一時也忘了吃飯。江嘉陵感到程天群一直目光熾熱地看著自己，有些抵擋不住。垂下頭撥弄湯碗調羹，發出叮噹作響的輕微碰撞聲。

「其實，醫院哪裡需要這麼多藥。雖然有些新藥確實功能比較好，但也有些新藥只是舊瓶裝新酒而已。說起來，所有的藥或多或少都有副作用；所有的藥都是毒藥，能少吃藥就儘量少吃比較好！」

「所有的藥都是毒藥…」江嘉陵兀自默念著。「沒這麼可怕吧！那…胃藥呢？胃藥只是中和胃酸，應該很安全吧？」

程天群聞言得意微笑。

「胃藥成份大多是鋁、鈣、鎂之類的東西。氫氧化鋁、碳酸鈣的副作用會便祕。氧化鎂、氫氧化鎂的副作用會拉肚子。所以胃藥也不能吃太多的。」

「呃，這樣啊…」江嘉陵抿抿嘴唇，突然淘氣地笑開了。「那如果有一個人胃痛，吃了很多胃藥，可是都吃不同種的，那…不同的副作用不是都互相抵消了嗎？總不可能同時又便祕、又拉肚子吧！」

程天群被問得一時語塞，楞了幾秒也笑開了——這女孩真是太可愛了！兩人之間的氣氛此時和諧而美妙，程天群胸口一熱，幾乎想伸手握住江嘉陵擺在桌上的纖手。可是…他忍住了。伸手攪動面前熱呼呼的玉米湯，黏稠稠的就像自己此刻的心情一樣。

至於江嘉陵，當她過了一會兒，收起笑容時，才驀地記起：自己已經好久沒像這樣，完全舒暢的開懷大笑了……

19

火車站月台，人潮到處熙熙攘攘；江杰和江嘉陵也在月台的人群之中。眼見難得的假期又將結束，他們兩人卻只是靜靜站在一起。

「天涼了…」江嘉陵打破沉寂。「我幫你裝進了幾件厚衣服，別忘了穿。」江嘉陵看著江杰，發現江杰已不復往日的憔悴，臉頰略微豐潤起來。

「嗯，我會穿。」江杰應道。

「還有，我也幫你…」江杰低垂著眉眼，江嘉陵猜不透他的心思；只得口邊繼續絮絮叨叨，心裡卻念著：火車快來吧！再不來，自己恐怕要忍不住了……

終於，火車緩緩進站了。月台上幾百雙眼睛不約而同轉向注視這龐然大物，人潮開始向火車門擁擠移動。

「我走了。」江杰匆匆掃過江嘉陵一眼，轉身走了。江嘉陵就站在原地，目送江杰高瘦的背影。她想：這可能是最後一次了……再見，江杰。

可是…眼中遠處的江杰卻突然轉身，向自己跑了過來。江嘉陵一楞，還來不及反應；就在面前，他停住了！用著往日溫柔又熱烈的目光凝視自己，執起自己的手緊緊相握。這是自己期盼過千百次的情景；這是夢？江嘉陵迷糊了，江杰真真實實的聲音卻在耳邊急促響起：

「嘉陵，等我好嗎？」

「陵，我們重新再來過，好嗎？」

重新來過？情況轉變得太快，江嘉陵有些不明所以，只是楞楞望著江杰。

「陵，這件事我想了很久，我想通了。這一段時間我不該這樣的，苦了妳了！」江杰語氣柔情萬千。「對不起，我一定會補償妳的。我們把從前的不愉快通通忘掉，重新再來一遍！」

江杰想通了，他母親的事不會再困擾我們了？可是……茫然中江嘉陵反問自己——另一張男子臉孔在腦海浮起。這件事她始終瞞著江杰，是自己不對。江嘉陵心虛看著江杰。江杰黑幽幽的目光，像一潭深水；江嘉陵覺得自己掉進去了，陷在江杰目不轉睛的逼視中。

「陵，再給我一次機會！求妳……」江杰切切說道。

江嘉陵抬眼凝視江杰，千言萬語不知從何說起。事情的轉變太快了。江杰為什麼不早說呢？現在一切都……幾個念頭同時如車輪轉動，模糊不清，自己下不了任何斷然決定。江嘉陵只感到自己的手被江杰越握越緊、越握越熱，熱意從指尖一路燒到心口，堵住紛紛思緒。

了。

「我知道過去是自己不好。求妳，妳不能對我這麼殘忍呵！」江杰聲音顫抖

耳聽江杰句句懇求，江嘉陵心亂如麻。月台的人群漸漸散去，火車即將開動；江杰卻仍固執等待自己的答案，不肯離去。看著江杰已蓄滿淚珠的眼眶，江嘉陵心頭一軟，掙扎許久的那三個字不禁脫口而出：

「我等你——」

一瞬間，江杰揪心的表情轉為狂喜。江嘉陵被自己的話嚇了一跳；但，眼看江杰迅即生氣勃勃的臉龐，她自己竟也跟著歡欣莫名起來。

「我等你。江杰，我永遠都會等你的！」

滿懷江嘉陵話中的承諾與希望，江杰依依不捨地上了火車南下回營。江嘉陵獨自佇立月台，直到四周人潮盡褪，寂靜無聲，她仍徘徊不忍離去。

她掛心遠方的江杰、掛心著自己無根的諾言、更掛心世事的糾結與無常……

下一列火車，又從遠方緩緩駛抵到站。闃然無聲的月台，再度雜沓零亂起來。

深秋時節，中山北路兩旁的楓樹，在綠意中夾雜片片深紅、淺紅，為這條台北市最美麗的道路，妝點出浪漫詩意的風韻。

江嘉陵和程天群沿著中山北路談心散步，行至台北市立美術館處，兩人乍然眼前一亮——前方一片天地開闊，圓山山脈迎面衝來，基隆河在山腳旁亦步亦驅。山脈盡頭頂著紅豔豔的圓山飯店，就像懸在天上的空中樓閣一樣。

「這本來是台北市最美的地方，可惜全被凌空的高架橋破壞掉了！」江嘉陵憤然說道。

程天群笑了笑，他倒很少見過嘉陵這般慷慨激昂。

「其實，好幾十年前，歐美城市也很喜歡建高架橋。一遇到市內交通問題不能解決，就造起一座高架橋來疏散車流。後來，高架橋越建越多、越建越高，他們才驚覺整個城市已被橋切割得支離破碎、慘不忍睹了！」

江嘉陵專心聽著。

「於是，他們又開始拆橋，另想辦法來解決交通問題，採用兼顧交通與景觀的方法。」程天群感嘆說道：「現在倒輪到東亞各國瘋狂造橋了。為什麼我們總要跟在西方後頭，做一些他們不屑再做的事情？」

江嘉陵欣賞地注視程天群。忽然間，她想到如果介紹天群和茵茵互相認識，一定很有意思。他們兩人很像，博學多聞，見識又廣。江嘉陵甚至覺得，有時天群連講話的口氣都滿像茵茵的呢。

「嘉陵，」程天群體貼地挽著江嘉陵。「妳不是喜歡藝術嗎？走那麼久也累了，我們進美術館逛一逛吧？」

江嘉陵頷首應允。走進美術館，參觀人群不多，十分清靜。江嘉陵專注欣賞牆上陳列的油畫；程天群站在她旁邊，近的可以嗅到她長髮散出的香氣，像是淡淡的花果味。

「嘉陵，」程天群柔聲問道：「妳去過國外的美術館嗎？」

江嘉陵笑了笑。

「我一直想去！因為就算看再好的畫冊也沒法印出名畫原作的氣韻。尤其是油畫原作上肌理的凹凸變化，是根本就印不出來的！」

江嘉陵越說越興奮。

「我尤其想去巴黎的羅浮宮美術館，親眼看它的鎮館之寶『蒙娜麗莎』！」江嘉陵調皮地瞧天群一眼。「天群，你知道嗎？蒙娜麗莎的臉原來是很美的粉紅色。可是因為年代太久，臉部的紅色成分被鉛白吸收褪掉了，所以現在我們看到的臉是淡黃色的。如果達文奇復活，去羅浮宮看到他的『蒙娜麗莎』，可能會啼笑皆非，而我們還傻傻的看得很入迷呢！」

程天群看江嘉陵嘰喳的像隻快樂的小鳥，內心又憐惜又心動。

「不過啊⋯⋯我這個人都是想歸想，缺乏行動力。每次都決定下次有長假時一定要去，然後又是拖得不了了之了！」江嘉陵懊惱的輕嘆口氣。

「嘉陵！」程天群在江嘉陵耳邊輕聲呢喃：「我們兩人一起去巴黎看羅浮宮好不好？」

江嘉陵聞言一驚——她了解程天群話中隱藏的含意，可是……她轉頭凝望展覽室盡頭的玻璃牆，牆外的中山北路，整片青山綠水一覽無遺。可惜，就有那麼一條冷冰冰的水泥長橋，硬生生橫在當中，像是美女臉上怵目的一道疤痕……

「怎麼樣嘛…」程天群膩聲詢問：「嘉陵，妳應該明白我的心意才對…」

江嘉陵心慌意亂。和天群在一起，自己總是充滿安全感，兩人之間的相處舒服又愉快。爸媽也很欣賞天群，對這段感情抱持鼓勵態度。靠著程天群的胸膛，她回憶著這段日子的甜蜜。可是……自己又不由自主想起遠方的那張臉孔，那段自己壓抑過、快樂過、瘋狂過、可憐地支撐著、永遠有個揮不去的陰影的感情。歷歷往事一幕幕重現眼前，她感到再也無力承受這樣錯綜的負荷。

「嘉陵，」江嘉陵被喊得一楞，驚醒了。「我們交往也有一段時間了，趕在年關前定下來吧！」

程天群溫柔盯著懷中女友，情不自禁把她箍抱得更緊一些。自己是如此希望兩人能永遠相知相守；可是，嘉陵此刻的蹙眉沉默，卻讓自己深深不安了。

「嘉陵！」程天群強扮出笑臉。「妳可不能這麼狠心。妳曉不曉得，妳家巷口花店的老闆都認識我了，就快頒給我忠實顧客獎狀了呢！」

江嘉陵聞言忍不住噗哧一笑，回身凝望程天群。她發覺自己無法拒絕眼前這個男人，這個風度翩翩的成熟男性。或許，自己已經在不知不覺間愛上他了？

江嘉陵把頭埋進程天群懷中，嬌羞的給了他無聲肯定的回答。程天群感動地擁抱著她，覺得此刻自己真是全天下最幸福的男人！他腦海裡興奮計畫著——未來這段日子在進禮堂前，可有一連串的瑣碎事情等著打理清楚呢！

江嘉陵走了。倚著程天群的肩膀，她拒絕回頭面對背後那張黯然的臉孔——過去了……真的，就讓它這樣過去吧。

20

「結婚可真是件麻煩事。」程天群無奈苦笑，楊茵茵同情地看他一眼。今天從早上到現在日頭西斜，他們已經陪嘉陵逛了六、七家婚紗店，試穿過不下十套的白紗和晚禮服了！江嘉陵嫌天群對女性衣服一竅不通，特別拉了茵茵作陪。楊茵茵看程天群一路上又無聊，又得強提興趣的模樣就覺好笑。不過程天群很能苦中作樂，總是趁江嘉陵換衣試穿禮服的空檔，找些有趣話題，和楊茵茵聊得滿開心的。

「茵茵、天群，你們看這件好不好看？」江嘉陵又新換了一件晚禮服出來。

「嗯，很好看。」程天群簡短回答完畢。

「那……和上上一家那件橘色的比起來，天群，我穿哪一件比較好看？」

程天群努力搜索記憶，可是實在是一件也記不得了。嘉陵今天試穿過那麼多衣服，紅的、黃的、綠的、黑的……真是除非神仙才記得起來？

江嘉陵看程天群一臉茫然樣，不由得嗔怒起來。天群今天逛街從頭到尾根本心不在焉。真是的，他是新郎耶，一點都不專心！

「嘉陵，我看那件橘色的比較適合妳。」楊茵茵開口了。「這件顏色太暗，和妳的膚色不太相襯。」

江嘉陵聞言轉嗔為喜。幸虧今天有叫茵茵來，要不然簡直連個商量的人也沒有。

「茵茵，」江嘉陵笑問：「剛剛妳和天群在談什麼，兩人好開心的樣子？」

「我在講自己去美國念書的時候，室友是個印度人，每天都在屋子裡煮咖哩。」程天群提到這個話題精神可來了。「結果啊，我念了兩年碩士，就整整聞了兩年的咖哩味。回台灣以後再也不碰咖哩飯了，一想起那味道就噁心！」

「噯，天群。茵茵在加州念過書，你們在這方面可以好好聊聊！我再去試一下那件鵝黃色有亮片的晚禮服。」江嘉陵說完又進試衣間了，絲毫不覺疲累。這也難怪，結婚時做個美麗的新娘是所有女孩的夢想，挑選禮服當然不能草率從事。

「楊小姐，妳大概聽過加州當地有個說法：如果你很會念書，家裡又有錢，就念史丹福大學。要是你會念書，但家庭並不富有，就念柏克萊大學。若是家境富裕，但功課不是頂尖，就進南加州大學。萬一成績不理想，家裡又沒錢，那就念加州州立大學吧！」程天群輕鬆說道。

楊茵茵聞言笑得樂不可支。程天群覺得她笑的時候很誘人，像個漂亮的洋娃娃。可惜，楊茵茵的笑容太少了。大多時候，她美麗的臉上總是透著一絲冷漠，叫人感到難以親近。嘉陵那麼開朗的人，居然和楊茵茵這類型人是閨中好友，程天群心裡實覺不可思議。

另一方面，楊茵茵倒覺得今天自己心情特別輕鬆。或許，和程天群有關吧！早上初見程天群時，楊茵茵心頭好似泛起一陣漣漪，這真是自己從未有過的經驗。

「天群、茵茵，你們看！」江嘉陵一陣風似的捲了出來，渾身裹著鵝黃色的輕盈軟紗。楊茵茵瞧著程天群眼睛一亮，迎上前去，心醉端詳他未來的新娘；楊茵茵彷若被人兜頭打了一棒。只見程天群親密的幫嘉陵整理禮服腰後的蝴蝶結飾，討饒的低聲細語：

「嘉陵，拜託，別再試別件啦！這件真的很好看！」

江嘉陵滿意注視鏡中的自己。

「茵茵，妳說呢？」

「嗯……很適合妳。」楊茵茵語調微澀。

「好吧！小姐，我就選這件了！」江嘉陵開心的在鏡前轉了個圈子；嗯，忙了一天，總算大功告成！

挑選完禮服後，程天群還得去兩人新居監督工人搬運傢俱，江嘉陵就和楊茵茵先走一步。楊茵茵送江嘉陵回家後，被興奮的江嘉陵拉進江家觀賞拍好的結婚照片。江家屋裡屋外一片喜氣洋洋，江家二老更是笑得合不攏嘴，欣慰從此了結人生一樁心事。

楊茵茵坐在江嘉陵房裡，心神不定地翻閱那本裝訂精美的結婚攝影簿。一頁頁、一張張，都是嘉陵和程天群深情微笑的幸福容顏，向自己反覆疲勞轟炸。江嘉陵則趁空翻箱倒櫃地整理房間，這些東西都要搬到新居去的，雖然已經動手好幾天了，但千頭萬緒、收收停停，總是沒能完全清理妥當。對她而言，這房間裡的每樣東西，都有一段屬於它的回憶。現在，這一切都得告一段落了……自己得揮別過去，邁入另一個嶄新的人生旅程。

江嘉陵覺得心頭滿滿的，又是欣喜，又浮著淡淡離愁。一個不該再想起的名字，此時又悄悄浮上腦海。自己已經去信告知解釋即將結婚的訊息；從此以後，就像石沉大海，無法得知服役的他反應如何？只是，在籌備婚禮的忙碌之餘，偶爾一瞬之間，心頭會忽然沉甸甸的，情緒頓時落入谷底，難以言宣——

「嘉陵，我看完照片了。」

江嘉陵兀自怔忡出神；楊茵茵提高聲調：

「嘉陵！」

江嘉陵一驚跳起，滿眼茫然。

「嘉陵，我都看完了，照得很好。」楊茵茵說道。
「嗯……謝謝。」
江嘉陵，婚禮還有三天就要舉行，妳不能再遲疑不定了！她心裡暗道，握緊了拳頭。至於…遠方的那個人，自己不敢奢求他的原諒；只希望，他就此把自己徹底遺忘了吧……
驅車返家，楊茵茵面對十餘年如一日，由顧媽按照食物熱量精細調配的低鹽晚餐，感到索然無味。她明白自己的情緒低落，不是因為菜餚的淡而無味。不過還是拿起筷子，把食物乖乖吃完。為了維持血糖穩定，自己沒有鬧情緒多吃或少吃的權利。但，就算血糖控制得再好，也只是延緩併發症的出現罷了。能維持現狀久一點就是幸福，自己的人生，還敢再奢望其它的東西嗎？
飯後，楊茵茵窩在沙發裡。眼睛瞪著電視，腦海卻老是飄著嘉陵結婚照裡，那對新人幸福的容顏。自己心煩意亂，媽媽卻一直在旁專心看報。楊茵茵心裡暗想：離婚多年，感情世界一片空白的媽媽，為何總能如此寧定安詳？難道……沒有午夜夢迴，往事點滴湧上心頭的時刻？
「媽，嘉陵要結婚了。」楊茵茵說道。
「哦——」秀眉輕蹙的女兒，讓若容放下了報紙。
「希望他們會一直像現在這麼幸福快樂。」楊茵茵若有所思。「不過，媽，江杰也滿可憐的。愛情、人性難道就這麼多變嗎？」

若容坐到茵茵身邊，輕摟她的寶貝女兒。「茵茵，看事情時別太固執了。」她柔聲說道：「妳不要再胡思亂想了。」

楊茵茵心中一動，抬眼看著母親嚴肅又溫暖的表情。挨近媽咪的懷抱，楊茵茵無語微笑——媽，其實妳才是那個最固執的人吧？

21

巨大的噴射客機，「咻」的一聲劃破長空。江嘉陵和程天群掩不住新婚喜悅，準備前往巴黎度浪漫蜜月。兩人並坐在熱鬧的客艙裡，雙手還不時在座椅下偷偷交握，彼此互換會心的微笑。

過了一會兒，空中小姐開始為乘客供應膳食，乘客紛紛吃完餐後，飛機的燈暗了下來，彷彿告訴大家好睡覺了。

「嘉陵，把毯子蓋好再睡，飛機上冷氣強，別著涼了。」程天群關心說道。

「哦……」江嘉陵理好身上的毯子，手指慢慢滑過毯子上每一寸羊毛纖維，那毛茸茸的觸感忽然直刺心底！

江嘉陵抖的一下將毛毯推落地上。

「嘉陵，怎麼啦？」程天群驚訝問道。

「沒……沒什麼。」

江嘉陵低聲應道。緊抿嘴唇，她轉頭望向飛機窗外無垠的藍天。

楊茵茵在自家樓上、樓下悠悠盪了一圈，耳邊聽不到半點聲響。記憶裡從小到大，這幢屋子常常靜的出奇。就像現在，只有窗外傳來的風動山林聲，洶湧的讓人有些害怕。

楊茵茵扭亮所有燈光，把自己用力拋進沙發。今天嘉陵和程天群去度蜜月了。算算時間，兩人應該還在飛機上吧？

楊茵茵站起來，走了幾步，又坐回沙發上；整幢宅院仍然悄無聲息——算了！有時候，孤獨是最實在的東西，就讓自己甘心擁抱這一室寂寞吧……

江杰已數不清這是第幾個無眠的夜晚。想到被母親突然去世撕碎的整個世界，經過自己拼拼湊湊，總算略復舊觀。如今，又輕易的被一封婚訊信箋徹底毀滅。江杰覺得好累，累的無法再費力拼湊回原來的自己。

江杰，就這樣面目支離地活了下來。醒時吃飯，吃完後反射性地嘔吐出來。睡時輾轉難眠，無緣無故地悲聲哭泣，鬧得大家不安。軍中弟兄有人寄予同情，有人嘲笑不齒，更有人敬而遠之。但，江杰對這一切已麻木不仁。他就這樣自顧自的日復一日、再一日、又一日。

只有，在面對滔滔大海，獨自一人站衛兵崗時，他才能感到片刻的清明，彷彿被漫天濁浪滌盡了胸中傷痕。但，這種短暫的清醒是痛苦的，只是徒然提醒了自己的孤獨。所有曾經以為的倚靠，都已絕然遠去——有的，用血淋淋的生命離開了他。有的，用熱騰騰的愛情背叛了他。昔日刻骨銘心的誓言，如今已成為笑話一句，卻仍時刻在耳底糾纏不去——

「我等你！江杰，我永遠都會等你的！」

江杰回想著那熟悉、輕軟的語調，眼底震出清淚。他艱難舉步，一步步走向海邊。風急浪高，波濤彷彿隨時能將人捲噬而去。他的步槍內沒有子彈。部隊長擔心他有自殺傾向，早就不對他配發子彈了。

可是，江杰咧嘴而笑——他們都錯了！都猜錯了！自己絕不會就此了結這一切。因為，我不甘心！不甘心！你們懂不懂啊！

江杰歇斯底里地捶打海水，渾身濺滿沙泥。浪潮來了又去，時而兜頭對他灌下冰冷刺骨的海水，時而將他狠狠向海裡拖近一步！江杰掙扎著、翻滾著，心底情緒終如火山爆發，聲嘶力竭地仰天狂吼：

「江嘉陵，我恨妳！我恨妳！我恨妳……」

震耳叫聲瞬間被呼嘯海風扯碎，散為難以分辨的音浪，宛如釋放心靈的魔咒，沸沸揚揚地飄向遠方。

夜黑、雲暗、浪起。預示曉光的晨星，仍隱在天際重重雲霧之後，撲朔難明——

第二部

回首向來蕭瑟處，歸去，也無風雨也無晴

1

差不多和人齊高的耶誕樹，綴滿亮閃閃的金球、彩燈、棉花團、紅蘋果、雪橇、糕餅屋，熱熱鬧鬧地妝點節慶氣氛。

但，且慢——耶誕樹青蔥枝椏上，還沾著渾圓水珠呢！原來，這是一株真正的柏樹。翠綠色澤深沉而美麗，費力撐著一樹的叮叮噹噹，仍掩不住煥發生氣。

江嘉陵踩著椅子，小心的在樹頂插上一只銀色的、碩大的紙星星。還忙著在耶誕樹旁，堆滿大大小小的禮盒。每個禮盒都用五顏六色、晶光閃閃的包裝紙細細裹住，再綁上繁複的彩帶花捲。

江嘉陵一切佈置妥當。深吁口氣，退後幾步，心滿意足地欣賞自己偷偷忙碌一個禮拜的成果。天群回家後看到這些，一定高興死了！江嘉陵想到天群那副驚喜的表情，心頭就甜甜的雀躍不已。

天群一向有點洋化，滿重視過耶誕節的。他老是抱怨台灣沒什麼過耶誕的氣氛，尤其厭惡市面上賣的塑膠耶誕樹，嫌它假惺惺的。所以江嘉陵今年突發奇想，特別從花市搬了株柏樹回家，費心思地打扮起來。準備在耶誕前夕才擺到客廳去，讓天群下班一進門，就撞見這株漂漂亮亮的耶誕樹！

「叮噹——」

門鈴響了。江嘉陵忙關上客廳燈光，屏息躲在角落。無人應門，門外人似乎有些納悶。過了一會兒，掏出鑰匙，門孔開始轉動起來。

門「刷」的一聲開啟——程天群立在黑暗中，眼前一片模糊；只有一株華麗的耶誕樹站在面前，像眨眼似的閃個不停。他愕然注視這一切，感動頓時漲滿心頭。

忽然之間，燈光大亮，一聲大喊響起：

「耶誕快樂！」

江嘉陵隨即蹦了出來，一把環抱住她親愛的老公。程天群覺得上一天班的疲累，彷彿都因這個驚喜拋到九霄雲外了！

「天群，你喜歡嗎？」江嘉陵賴在程天群肩旁，膩聲問道。

「妳佈置得真漂亮！我老婆這麼有藝術細胞，我怎麼會不喜歡呢！」

程天群走向前去，撫摸綴滿裝飾品的青翠枝葉——軟軟的？這樹……是活的！

「這樹是真的柏樹，我從花市買回來的！」江嘉陵得意說道：「只要好好照顧它，以後我們每年耶誕節，都有一株活生生的耶誕樹了！」

程天群感到一陣窩心，眼神晶亮注視面前的這可人兒——嘉陵雖然已經是個成熟少婦；但有的時候，仍然天真爛漫的像個孩子。嘉陵婚後並沒有什麼改變，只不過將披肩長髮捲燙起來，顯得明豔動人。當然，嘉陵也變豐腴了些，就像自己婚後也發福了。不過，程天群苦笑起來，自己胖的可真不少！年過三十以後，常常有種青春不再的感嘆。看來應該要遵從老婆指示，多多運動健身了！

「天群，我還有禮物送你。」江嘉陵神祕眨眼。「就在樹下那堆禮盒中，有一個是給你的，快去拆開來看！」

程天群在江嘉陵半推半拉下，老大不情願地跪在禮物堆裡，嘆一口氣，他低頭認命的逐一拆開禮盒。扯掉盒上的彩帶花捲，撕開層層貼裹的包裝紙；終於，在打開好幾個裝著家中舊物的假禮盒後，一本新書從他新開的禮盒掉了出來——賓果！恭喜你，老公，這本正是你現在所需要的東西！

什麼——《如何做一個好爸爸》！

不會吧？程天群倒吸口氣。這…不太可能吧？他遲疑地挨到嘉陵身邊，看看滿臉嬌笑的老婆，又低頭看看老婆的肚子——我們…不是一直都有避孕的嗎？

「天群…」江嘉陵有些羞答答的。「當初，你不是說…希望結婚一陣子後再懷孕，先享受一下兩人世界嗎？」

「現在，都已經過了三年了，我們是不是可以不要避孕了！」她嘟起嘴。

「要不然，我每天一個人在家也很無聊，你又常常出差。再說，我也三十了，應該準備生頭胎了！」

原來如此！程天群鬆了口氣。他想著目前的生活自己很滿意：工作順利，家庭美滿。有長假時，就和嘉陵出國玩一趟度假。他想不出有什麼理由要改變現在的一切，生個孩子來牽絆自己？

但是…可憐的嘉陵，她大概成天在家裡太悶了！嘉陵沒什麼事業心，專注在家庭生活上，自己也儘量抽空陪她。可是，自己知道，嘉陵很想要有個小孩。嘉陵是那麼的溫柔體貼，天生就適合當個好媽媽。

「嘉陵…」程天群心情矛盾。「我知道妳很想有小寶寶…原則上，我也同意現在可以開始準備生小孩了。但是…」程天群有些難以啟齒。「再給我半年時間好不好？我需要適應一下。而且，公司現在正要推展大陸業務。這是全新的領域，我得常常跑大陸了解狀況。妳如果在這時候懷孕，我又經常不在家，沒人可以照應妳，叫我怎麼能安心呢？」

江嘉陵無奈看著老公。

「算了。」她難掩失落之情。不過，其實天群說得也不無道理，就再等半年吧！

「天群，來吃晚飯吧！」江嘉陵努力提振自己低迷的情緒。「我都做好了，再不吃會涼掉了。」

兩人相偕往餐廳走去，身後的耶誕樹猶兀自七彩閃爍不停。

楊茵茵緩緩駕著車，眼睛直視前方，專注而認真。她手下操控的白色賓士有如一尾銀魚，在深夜的台北街頭無聲滑過。

夜色如墨，寒風凜凜，沿途人跡稀少。路上車輛飛馳如電，不斷自楊茵茵車旁呼嘯而過；但她絲毫不為所動，仍舊開得很慢、很慢——現在她需要思考，需要清晰的、好好的想些事情……

今天是耶誕夜。趁著母親出國，自己支開顧媽，決定要出去看看，看看曾經熟悉的，以及一些從來未曾謀面的人。

前面就是教堂了。楊茵茵把車停在路邊，保持視線能清楚看到每個進入教堂的人影。抬腕看錶，時間還早，距離教堂舉行子夜彌撒尚有一段空檔。楊茵茵閒閒靠在椅背上，手指無聊敲著方向盤，有一下、沒一下的。但雙眼仍然緊盯窗外，宛如一頭等待獵物的猛獸。

楊茵茵想起很多年前，自己每次的耶誕夜，都是在這兒度過的。當時自己還沒發病，每年這個時候，總是興奮地穿上自己最漂亮的洋裝，牽著爸媽的手，一起來參加子夜彌撒這場莊嚴盛大的儀式。她記得，小茵茵喜歡坐在教堂椅子上，張大嘴巴唱著聖歌，和大家一起祈禱、一起互相祝福；總覺得好像有個太陽在自己體內，源源不斷散發著光和熱！小小臉蛋仰頭望著爸爸和媽媽，心裡既滿足又感動，認定了這就是天堂！可是——

小女孩的天堂碎了……多少年來，自己再也沒參加過子夜彌撒！有的時候，星期日的早上，她會不由自主的到這兒來，就像現在這樣坐在車裡，靜靜看著一位中年男子邁出轎車，緩步走進教堂，去尋求心靈的安寧與救贖——楊茵茵輕蔑微笑了！

一輛眼熟的黑色轎車此時在對向車道靠邊停下。楊茵茵坐直身子，凝神注視。一位衣著入時的中年女子，帶著兩個青春活潑的女孩，下車穿越馬路而來。黑色轎車開走了，消失在夜色中；大概開車的男主人尋找停車位去了。自從知道父親的太太將帶孩子回台度假過耶誕，自己就曉得今天一定能在這兒碰見他們：那個男人，那位素未謀面的「楊太太」，以及體內流著和自己一半相同血液，卻從不相識的「妹妹」們。

盯著馬路上一前二後的三條人影，她驀地發現自己是多麼的厭惡他們！憎恨他們！尤其是那兩個陌生女孩——那兩個女孩在自己眼中，是那麼的精力充沛，散發蓬勃朝氣！這正是父親家人想要的健康小孩吧？

心頭一陣翻攪，面頰似乎有點兒涼涼的……楊茵茵伸手一摸，是淚！不知不覺中，自己的眼淚竟已滔滔流淌一臉？她不敢相信……自己已經好久、好久沒有哭泣了！這些年來，很苦、很累，卻仍得強顏歡笑，掩飾自己的害怕與無助。自己好懷念童稚上教堂時，那種整個人暖烘烘的滿足與喜悅！只是，那種感覺再也回不來了……

她記得小時候剛發病時，自己常常大哭大鬧，怨天尤人；而爸爸總是教自己去禱告，求取心靈的平靜。但是，她不肯！她覺得主一定又瞎又聾，才會讓自己得了這種怪病！

這麼些年一路走來，自己變了……不再哭鬧了，沉默的像只蚌殼；沒有禱告，也沒有再踏進教堂一步！可是，爸爸還是按時去的……爸爸，你真的在那兒找到自己要的東西了嗎？

臉上交錯的淚痕乾了，凝在已因腎病而有些浮腫的面頰上。她艱難地回頭，深深凝望黑暗中教堂尖塔的翦影。濃濃夜幕中，灰黑一片的翦影顯得那麼的單薄，單薄的不太真實。回過頭來，楊茵茵驅車前行，車子靜靜滑過墨黑夜色離開。街旁商家的霓虹招牌早已熄滅，路樹在冷風中搖擺不定，繁華城市的午夜竟如此淒清孤寂。楊茵茵駛過路口轉角，一個男子身影從眼角掠過，那模糊的側臉線條，莫非是……她心念忽動，放慢速度。但是，那男子已走遠了；孤獨的背影游盪在深夜街頭，漸漸的，沒入黑暗之中。

楊茵茵搖了搖頭。算了，大概是自己看錯了吧？搖下車窗，冷空氣徐徐灌進腦海，整個人彷彿也清明澄澈起來。車行至城市邊緣，白色賓士加足馬力爬上陽明山腰。楊茵茵瞅著天邊忽隱忽現的繁星——自己今天……究竟為什麼要到那兒去？到底想追尋些什麼呢？她默默思索著。車影如飛，一扭頭直上山巔，把腳底萬丈紅塵，全部灑落腦後！

2

「叮噹——」

江嘉陵身穿圍裙，手忙腳亂地開門，陣陣菜香從廚房方向源源傳來。

「哎，茵茵，妳來啦！」江嘉陵招呼楊茵茵進門坐定。「茵茵，想喝什麼？」

「嗯，白開水就好。」

江嘉陵點點頭，又忙忙碌碌走進廚房。楊茵茵環目四顧這對夫妻愛的小巢：三十幾坪的公寓房子，佈置得雅潔可喜。尤其特殊的是，牆上到處懸掛女主人的畫作。有的是濃厚油畫，有的是清雅水彩，還有炭筆素描和粉彩習作，為居室增添一股優雅的藝術氣息。

等了半天，嘉陵仍沒出來。楊茵茵起身往廚房走去。她是這兒的常客了，但每次前來仍有淡淡的矛盾情緒。總是希望能在這兒看到某個身影；甚至，只是他日常使用的物品也行。但自己回去後，又常會陷入莫名的悵惘失落；有時竟持續數日之久，鬱鬱不樂。

「嘉陵！」
江嘉陵正注意鍋中熱油裡翻滾的雞塊，冷不防被楊茵茵的叫聲嚇了一跳。
「茵茵，妳出去吧，這兒油煙太大了！」江嘉陵在「轟隆隆」的抽油煙機下，小心舀出鍋裡已炸焦的雞塊。忽然才一念想到：對哦！一進廚房就只顧著瓦斯爐，自己根本忘了替茵茵倒水這回事了！
「茵茵，對不起，我忘了幫妳倒水了！」
「沒關係。」楊茵茵一笑。「嘉陵，妳的家常菜單好像又新增不少？」
「對啊！」江嘉陵滿面得意的瞧著已炒好的紅燒獅子頭、麻婆豆腐、炸雞塊和蛤蜊湯，一樣樣端到桌上。「我特別回家和我媽學了好幾道新菜，省得我翻來覆去只會炒那幾道菜，怕天群吃膩了呢！」江嘉陵微笑說道：「這次剛好先請妳來試吃一下，嘗嘗看我的手藝如何？」
楊茵茵望著面前的菜色，熱騰騰的蒸氣直冒，確實「看起來」都很好吃……
江嘉陵夾了個獅子頭到楊茵茵碗裡，滿臉期待品評之色。楊茵茵想了想從前自己試嘗嘉陵廚藝的經驗，再看看碗裡湯汁濃稠的獅子頭，猶豫地夾了一小口送進嘴裡——
「怎麼樣？」江嘉陵催促問道。
「嗯……」楊茵茵嚥下嘴裡鹹乎乎的那團東西。「還不錯。」

「哈！」江嘉陵才綻出笑顏，順口吃下自己碗裡的獅子頭，雙眉立刻糾結起來！「啊！」江嘉陵叫了出來。

「算了！天群常說他討到一個廚藝不佳，但起碼還肯為老公作菜的太太，自己也算是個幸福男人了！」

楊茵茵聽著嘉陵轉述他們夫妻之間的親密對話，不覺心中一刺；她驀地想起幾個禮拜以前，暗夜街頭瞥見的那個男子背影……

「茵茵，妳在想什麼？」

「沒有什麼……」楊茵茵起身舀了一碗湯，試探性的淡淡問道：「嘉陵，妳和一些從前的朋友有聯絡嗎？」

「嗯，學生時代的朋友早就七零八落，羅賓和瑋君也結婚了，各人有各人的生活，現在都很少聯絡了。」

「哦——」

楊茵茵一口一口啜著湯，只是沉默不語。她曉得至今程天群都不知道嘉陵過去的那段往事。反正那已是婚前的陳年舊事，嘉陵有權保留自己的隱私。更何況男人大都器量狹小，誰能保證程天群若是知道後，不會介意自己的老婆，曾經差點和別的男人步入結婚禮堂？

楊茵茵正思忖間，門鈴響了。江嘉陵跳起奔去開門，邊走邊嚷著：

「哎，茵茵，一定是天群提早出差回來了！」

楊茵茵聞言心一凝，門開處，正是程天群閃身而入。俐落西裝配上斯文眼鏡，眉宇灑脫自信。楊茵茵覺得年過三十的程天群，似乎更勝以往了。

「嗨，茵茵，妳在這兒啊！」

接過程天群投射而來的目光，楊茵茵一時不知說些什麼才好，只是微笑端坐不動。

「對啊！我今天邀茵茵來家吃飯。本來以為你從上海搭飛機回來，最早也得晚上十一點才會到家。怎麼……現在才七點多就回來了？」

「嗯，上一班飛機有空位，我就搭上一班回來了。」程天群很快的輕碰了碰江嘉陵。「我餓死了，一路上連晚飯都還沒吃！結婚的男人為了養家活口，真是苦命的動物！茵茵，妳說是不是啊？」

楊茵茵方正沉溺於他們夫妻倆親密的動作對話，乍然聽到程天群提到自己名字，只是心情慌亂地點了點頭。

「好了啦！」江嘉陵新拿一副碗筷過來，幫程天群添上飯。「我苦命的老公，你可以開動啦！」

大家相視而笑。三人同桌吃飯，程天群是主角，老是滔滔不絕。楊茵茵是配角，得熱心回應男主人的各種話題。江嘉陵常常只是微笑不語，看著另外兩人談笑風生，順便趁話題空檔招呼大家嘗嘗鹹的嚇人的獅子頭、炸焦的雞塊，以及辣死人的麻婆豆腐。程天群倒是十分捧場，絕對來者不拒，照吃不誤！

「我吃飽了。嘉陵、天群，我得回家了。」楊茵茵起身告辭，江嘉陵慌忙挽留。

「別急著走嘛，水果都還沒吃呢！」江嘉陵要轉進廚房切水果，被楊茵茵含笑阻止了。

「嘉陵，別忙了！我下回還要再來吃妳新學的拿手菜！今天有點晚了，我先走了。」

江嘉陵和程天群送楊茵茵出門。大門在楊茵茵身後砰然關閉，楊茵茵一顆不安靜的心彷彿也落回現實。每次夾在嘉陵和天群之間，楊茵茵都覺得矛盾又辛苦，得調適自己起伏的心情，得仔細掩藏對天群的特殊感覺，得裝作好友般的若無其事。常常自己一會兒是莫名其妙的閃躲與漠然，但才轉眼就恢復正常了。天群是個聰明人，希望他沒敏感察覺到什麼才好！

楊茵茵嘆了口氣，步出公寓大門。街上月華如水，一抬眼，一輪滿月正盈盈凝望自己。夜風有些凜然逼人，她扣上外套，快步向停車處走去。

3

寬敞的敦化北路，一棟棟高級辦公大廈迎街而立。此處是外商公司的聚集地，程天群工作的美國藥商公司也在這兒。沿途來往男子大多身穿白襯衫打領帶，大家竟像是穿制服般整齊劃一了。

早上八點五十分，程天群神清氣爽步入公司，和同事互道早安。他手下小組負責的案子，已經做好完備的行銷策略研究計畫，就等今天開會時好好表現。程天群得意一笑，走進企劃部，企劃部經理交給他一疊人事資料。

「今天有一位在技術部待了兩年的同事，要轉進企劃部工作。他是你大學同系學弟，我看就交給你帶好了。」

程天群工作的部門隸屬公司的西藥處，西藥處又分成好幾個部門。美商公司講究制度，喜歡把新進人員輪調各部門工作，讓他們對公司整體情況都有概括性的認識。程天群翻了翻人事資料，姓名欄裡是——江杰。

「嗨，你好！」

程天群聞聲抬頭，面前一張臉孔正向自己微笑。瘦高個子，烏黑大眼目光炯炯，看來還很年輕的樣子。

「我想，自己應該稱呼你一聲學長才對。」程天群面前的青年繼續說道：「我叫江杰，以後請多指教！」

「不敢當！」程天群客氣微笑。「我們這兒習慣互叫英文名字，你叫我『理察』就好了。那你叫……」

「我叫杰夫。」

「哦，」程天群接口說道：「嗯，以後你負責的案子由我監督，大家互相幫忙了！」他爽朗一笑。「待會兒開會，你就可以很快進入狀況。這兒跟技術部閒散的氣氛不大一樣，滿難混的，唉！」

程天群表情幽默，逗得江杰也會心一笑。開會前，大家排隊上洗手間的有之、沖茶的有之、泡咖啡的亦有之，忙忙碌碌準備開會。冗長的會議一起頭，業務部就開罵啦！

「這些醫院真是他——」業務部副理髒話差點脫口而出。「我們部裡業務員跑得腿都快斷了！對那些醫生鞠躬哈腰、替他們打點雜事、禮也送了，居然新藥『普利爾』的業績還是起不來！真是……」

業務部副理髒話又想出口，眾人都暗自好笑。處長看著業績報表頻頻皺眉：這麼丟臉的數字實在很難向美國總公司交代。處長心裡清楚：業務部只是來招先聲奪人、哭冤喊窮而已！看來，業務部賣得還不夠用力，還得再加壓力才行！

「而且，業務員也普遍反映過，」業務部經理接口：「醫院都說『普利爾』和我們從前的產品『利速達』應用症狀相同，藥效也相差不多，但『普利爾』價錢卻貴了將近一成。醫生認為改用『普利爾』的誘因太弱，我們自己也陷入新藥舊藥對打的尷尬局面。」

企劃部經理插入一句：

「舊藥『利速達』我們的專利期快過了，每家藥廠都可以製造發售，總公司當然急著推出新藥了。」

程天群也發言了：

「『普利爾』的案子是由我手下專員負責的。根據前面提及的一些困難，我們搜集了從前行銷『利速達』的舊資料，發現市場區隔的方法應該可以試試！」

程天群繼續侃侃而談，吸引全場注意。開會時一直默默坐著當「旁聽生」的江杰，發覺程天群確實手采大度，是個同為男性都會服氣欣賞的男人。

「我們發現『利速達』的使用主要分布在北部和南部，中部的市場佔有率不高，主要是被其它廠牌的藥品瓜分了。可是——」程天群微笑了。「這些藥品有的單價和『普利爾』差不多，有的單價雖低藥效卻差，所以『普利爾』在中部應該有滿大的競爭空間。而且，也不會和『利速達』形成嚴重對打的情況。我現在請負責的專員向大家報告一下。」

在程天群眼神示意下，一位專員起身把詳細資料散發開會眾人，發言做起簡報。處長和各部經理、副理們似乎都對簡報結果頗為滿意，處長臉上也終於露出些許笑容。聽完簡報和各部意見，處長做了總結：

「那麼，業務部就按照企劃部的策略，在中部市場主打『普利爾』。北部各大教學醫院是業績大戶也不能放過，業務部在北部還不夠努力！總而言之，我們得趕快讓新藥取代舊藥所佔有的市場，還得擴充才行！我看要定個更嚴格的限期業務目標額，讓大家有個衝刺的動力。」

會議中場休息，只看見業務部人員出來時，個個滿腔忿忿不平。江杰杯中咖啡喝完了，端著杯子再到茶水間倒熱水沖咖啡。回來途經辦公桌旁的走道，一張置於桌旁的相片突然吸去他所有注意——

這是……江杰心神大震，杯中咖啡晃出灑到手背，他亦感不到燙，只是呆呆立著！

「你也覺得相片裡的人很漂亮，對不對！」經過的同事向江杰搭訕。「相片裡是理察的老婆。馬上要吃尾牙了，到時你就可以看到她了，人很溫柔的。」

江杰緩緩抬頭，目光冷峻，把喋喋不休的同事嚇得閉口走開。江杰慢慢踱回會議室，他感到自己好像在飄。坐定在會議桌旁的椅子上，一切似乎都變得陌生起來。會議再度開始，眾人熱烈討論大陸市場潛力廣大，要如何打通銷售管道云云……這些江杰全都置若罔聞。從頭到尾，他只是偷偷的緊盯一個人——程天群！

江杰完全忘了前一分鐘對程天群的佩服與欣賞，現在充塞體內的只有憎恨與厭惡。江杰冷冷看著程天群端起杯子喝咖啡，冷冷看著程天群凝神諦聽會議報告——這就是那個女人來信說要嫁的男人？江杰臉色越來越冰，胸口卻燒的難受……他明白應該要恨的另有其人，不該扯到程天群頭上。那封信上寫得很清楚：程天群根本始終毫不知情！但，江杰無法也不想控制自己蔓延竄燒的熊熊怒火——程天群能怎麼辦？捲進這場恩怨，只好怪他自己倒楣！

就在此時，燈熄了。會議室開始播映幻燈片，做大陸銷售通路簡報。江杰很高興能沉在黑暗裡，隱藏自己一定看來怕人的表情。幻燈機「啪、啪」作響，投射出一張又一張的幻燈片。眾人的臉也隨之忽亮忽暗，明滅不已。江杰感到啼笑皆非——這世界真的很小，轉來轉去還是同班人馬！過去一幕幕的回憶，逐漸在腦海裡停格擴散……他想起法院裡悲情的私訂終身、急診處自己的忘情痛哭、火車站的傷情離別、軍營海邊恨情的詛咒哽咽……一幕接著一幕，盡是眼淚。但是，從現在起，自己再也不會掉下一滴眼淚了！

江杰的臉隨著幻燈片的投映一明一暗，眉眼不再憤怒、不再冷厲——他笑了！愉快的、輕鬆的笑了！他下定決心：從這一刻起，他的命運要掌握在自己手裡！當是應該流淚的人悲傷哭泣的時候了……

江杰知道，過去自己和江嘉陵的那一段，就像傳說中潘朵拉的盒子；一旦開啟，注定要天下大亂！他思緒轉得飛快：向來不知情的程天群，若是曉得自己老婆的這段往事；甚至，這段往事還又有了後續發展……程天群會有何反應？江嘉陵又何以自處呢？嗯……這倒是個有趣的問題！

江杰就這樣靜靜坐在黑暗裡，握緊拳頭，等待著會議結束。

4

凱悅飯店，暗咖啡的建築，靜立在黑夜中。年終歲末，江杰工作的部門選在凱悅辦尾牙，宴請員工西式自助餐點。飯後更少不了傳統的摸彩抽獎，讓大家熱熱鬧鬧的同樂一堂。

江杰很早就來了。但是，他一直沒有進去。弓著背，他靜靜坐在飯店前一角的噴水池邊抽煙。煙頭猩紅的微光，彷彿能暫時驅走籠罩四周的寒冷與黑暗。江杰持煙深吸一口，又緩緩從鼻腔噴出縷縷白煙。煙霧迷濛中，他遠遠看到飯店門口駛來一輛汽車，精準捕捉住跨出汽車的人影——挑高個子的女郎，一身火紅裝扮，長髮蓬鬆挽起，和身旁男伴親密依偎著走進飯店。男伴是程天群；而那女郎，正是自己守在這兒等待的目標！

江杰想像著程天群夫婦周旋在尾牙現場的情景——程天群談笑風生；他身旁美麗出眾的老婆，當然迅速成為現場搶眼的焦點。眾人對程天群欽羨不已；程天群志得意滿；他老婆則陪在身側溫婉淺笑……或許，這時有人記起來了，頻頻詢問：杰夫呢？他怎麼到現在還沒來？全企劃部可都到齊了呢！

江杰丟下抽了一半的香煙，用腳踩滅。煙蒂痛苦地扭曲著，躺在冰涼的地上。江杰霍地站起身來——該是自己出場的時候了！他大踏步走進飯店，走入尾牙場地。同事趨前關心詢問，他含笑致歉：唉！台北市的交通實在太塞了……邊說邊一路朝程天群夫婦背後走去，一步步的，終於——

「江助教，妳好嗎？」

程天群身旁少婦聞言略驚、轉身、大驚。手中盤子傾斜，盤中食物灑落一地！

「嘉陵，妳怎麼了？」

程天群驚訝發問。江嘉陵回過神來，口中支吾，欲低頭撿拾地上殘物，江杰含笑阻止。

「不用撿了，叫服務生來弄乾淨就行了！」江杰舉手招來服務生；程天群疑惑不已。

「嘉陵，杰夫，你們彼此認識？」

江杰悠閒看著江嘉陵支吾其辭的窘態。他知道，江嘉陵一向都不擅於說謊。

「嗯，對啊…」江嘉陵臉紅了。「我們……從前就認識……」

「哦，怎麼認識的？」程天群意外又好奇。

江嘉陵心跳加速。

「怎麼認識的？嗯……這！」
「我們曾經是助教和學生關係。」
江杰插話答道。江嘉陵簡直如遇救星，感激地看著江杰。
「從前我大三做有機實驗時，是江助教帶實驗課的。剛剛我遠遠一看，就覺得理察的老婆好眼熟。沒想到真的是江助教，簡直太巧了！」
江杰向江嘉陵微微一笑。
「剛剛把妳嚇了一跳，對不起！」
「沒關係……」江嘉陵虛弱答道。對於江杰居然能流暢講出這麼一大篇似是而非的話語，她委實是又訝異、又暗自鬆了口氣。
「杰夫，那我就不必介紹內人了！」程天群爽朗一笑。「嘉陵，杰夫來公司兩年了。最近調到企劃部，就在我負責的小組裡，工作上的關係很密切。」
江嘉陵「嗯」了一聲，程天群繼續滔滔不絕。
「杰夫能幹又有衝勁。嘉陵，妳的學生很傑出喲！」
江嘉陵勉強笑了一下，江杰輕鬆接口：
「不敢當。我還要謝謝江助教當年對我的『教導』，真的讓我長大不少呢！」
江嘉陵聞言心頭一刺，但看看江杰的表情，卻又是一派平靜坦然。江嘉陵覺得自己不論接什麼話都不對勁，只好悶不吭聲。

「唉，時間不早了。我得去準備開始進行摸彩，讓大家樂一樂了！」程天群滿臉興奮狀。「嘉陵，你們師生倆就好好敘敘舊，我先離開了。」

認識天群以來，江嘉陵第一次氣起他隨口皆是的幽默話——「敘舊」？真是太諷刺了！

「妳——」江杰率先打破兩人之間不自然的沉默。「過得好嗎？」

江嘉陵半低著頭，不敢直視江杰深邃的目光。雖然分手數年，但她發覺自己在如此近的距離單獨面對江杰時，仍會禁不住臉紅心跳起來。

「嗯……很好，謝謝。你呢？」

「我？」江杰苦笑了。「還算不錯吧。妳氣色很好，比以前更漂亮了！」

聽到江杰的讚美，江嘉陵心口猛地跳了一下。

「嗯，謝謝。」江嘉陵小心翼翼的觸及往事。「當年……我一直想向你……嗯，親口說一句對不起。可是……」

「別說了，我都明白。」江杰阻止了她。「當年妳在信裡都已經解釋得很清楚了。後來，我平靜下來以後，自己仔細想想……其實妳說得對！我們那時只是在拖時間，彼此痛苦而已。」江杰說到這裡，淡淡地笑了。「我應該要謝謝妳，提起勇氣放棄了那局殘棋，大家也才都自由了！」

江嘉陵聽得傻了——怎麼會這樣？江杰……是個感情那樣強烈的人，竟會如此瀟灑？他……不指責我瞞著他另交男友？不怨怪我最後那樣粗糙突然的告知婚訊？這……這不是我以前認識的江杰！難道，經過這番歲月洗禮，江杰變了心性？

「只是，」正在江嘉陵驚愧不定時，江杰緩緩開口了，痴情神態一如當年。「我現在還是常常忍不住會想：那天，妳在火車站對我說的話——是真心的嗎？」

江杰目光直直望進江嘉陵眼底深處，江嘉陵有些招架不住這般深情的詢問——久別重逢，江杰一如往昔：英俊、優秀。當然，歲月是在江杰身上刻下了些痕跡；但……反而使得他比記憶中更翩翩成熟了……面對如此的江杰，江嘉陵險些脫口說出自己內心真正的答案——

「大家請注意，要開始摸彩了！」程天群在遙遠的一角大叫大嚷，驚得江嘉陵如大夢初醒。

「走吧，江杰！」江嘉陵躲開江杰烏黑深幽的眼睛。「我們到那邊摸彩吧。看看有沒有好運氣，能把大獎給抱回家！」

當天晚上，江嘉陵輾轉難眠。躺在床上，前塵往事一齊湧上心頭。想起當年的自己，無憂無慮，鎮日和江杰一起歡笑、一起瘋狂、一起大把、大把地揮霍青春……江嘉陵禁不住甜甜地笑了，那確實是段閃亮的日子。而如今，自己已結婚成家；生命也好像就從套上婚戒那一刻起，由絢爛多變的交響詩，一下轉為平鋪直敘的散文小品。不像江杰…或許，他還保有留學南非的夢想，他可以大踏步上前實現！這個時候的江杰，仍然擁有追夢的權利。至於自己——江嘉陵側耳傾聽枕旁程天群的呼吸聲，在四周靜寂中規律的一起一伏，自己那顆不安定的心彷彿也落實了。她默默思索：守著彼此一天天平靜地過著日子，或許…這就是所謂的幸福吧！

江杰獨自在深夜街頭踟躕徘徊。在無眠的夜晚，這是他聊以自遣的方式：一個人悠悠盪盪在街上走著，讓悄然無聲的黑暗吞沒自己。在這個時候，江杰才感到自己是最清醒、真實的。而今晚，一如往常，自己又失眠了……

今晚，自導自演了一齣戲劇，成功的很！女主角感動涕零，認為自己是情痴聖人。報復的第一步如此順利，江杰知道自己該欣然鼓舞！但…濃濃的失落感卻抓住了自己的心……江嘉陵在尾牙宴上的一顰一笑仍在腦海徘徊不去！江杰死命捽頭，想捽掉這些令人討厭、不安的身影！

只是…她為什麼不回答我的問題？火車站的那段對話，究竟她是出自真心？還是敷衍的戲言？或許，她當時是真心的，只是……後來卻背棄了誓言？

他自嘲微笑了——江杰啊，江杰，世上戀人之間的情話、誓言早就氾濫成災、不值一文！只有你，只有你還死心眼的鑽牛角尖，苦苦追問不停……究竟要到何時方休？

何時方休？江杰一楞。他茫然舉目四顧，路旁猶有幾塊霓虹招牌閃爍，對應著馬路上呼嘯而過的刺眼車燈。滿街燈火如焚，何處才是歸程？

5

「鈴——」
電話鈴響。江嘉陵放下拖把，匆匆忙忙去接電話。
「喂？」
聽到話筒中傳來的聲音，江嘉陵不覺一楞——是江杰？最近自己接過幾通江杰的電話，不過都是找天群談公事的。可是，現在天群去南部出差了，江杰應該知道。為什麼他會打電話來呢？
「喂，嘉陵，是妳在聽電話嗎？」話筒裡的聲音繼續響著。「我是江杰，現在在公司裡。」
「嗯……江杰，你好。」江嘉陵語調有些生澀。「天群他……他出差去了。」
「我知道。」江杰話音遲疑。「嘉陵，我能不能拜託妳幫一個忙？」
「嗯…」江嘉陵應了一聲，不知江杰所指為何。
「今天是繳所得稅申報單的最後一天。單子我都填好了，就放在我家床頭櫃上。但是，現在公事上臨時出了一點狀況，我在公司裡實在分不開身……」
江杰語氣放柔了，小心翼翼的。
「我家鑰匙就藏在門口的墊子下。我不知道，妳能不能幫我跑一趟區公所，把單子交了？」江杰停頓一下。「嘉陵，實在是除了妳，我也找不到其它可以拜託的人了……」
江嘉陵聞言不禁一陣酸楚。江杰的孤獨自己是最清楚的；連唯一的至親，也一句話都沒留下就倉促離他而去。對此，自己始終有些有愧於心。
「嘉陵！」
「嗯，好的。我馬上就去，你安心留在公司辦事吧。」
江杰慢慢放下電話，唇邊掛著耐人尋味的微笑。電話旁的小姐自始至終都假裝低頭專心辦公。但，江杰的話筒才剛放下；那小姐就好奇地盯著江杰，詢問剛剛對話中的「嘉陵」究竟是何許人也？江杰故意選在這位女業務專員：全公司超級廣播電台身邊打電話，自有他的一番計較。
「嘉陵？」江杰佯作無辜狀。「她是企劃部理察的老婆啊！」
「什麼！可是…」業務專員一臉狐疑曖昧樣。
「可是什麼！」江杰理直氣壯。「我跟她大學時就認得了！是舊識，也是朋友。」

江杰笑著白了業務專員一眼，拿出皮夾，把記載電話號碼的紙條塞進去。業務專員眼尖，一把搶過皮夾，揚了揚嵌在皮夾裡的照片。

「喏，這照片裡和你合照的女孩我見過面！」業務專員口氣揶揄。「就是剛才電話裡理察的老婆嘛，我們在員工聚會裡碰過面的！」

業務專員伸長脖子，直問到江杰的鼻子前。

「怎麼，她是你的心上人啊？」

江杰的臉「刷」一下全紅了，狼狽奪回皮夾。

「哎，都是陳年往事了，不提也罷！」江杰尷尬微笑。業務專員將電話和照片兩件事串在一起，越想越有趣，饒富興味地盯著江杰猛瞧不放。

江杰支吾著匆匆離去；才轉身，臉上尷尬表情就瞬間卸下，眼中瞳孔閃閃跳動著——從現在起，以業務部為中心，這消息將應該像同心圓般擴散，遍布各個部門，人人皆知！辦公室裡是沒有祕密可言的，更何況是這種茶餘飯後最佳佐料的感情新聞。江杰得意地笑了……程天群，你儘管賣命工作、忙碌出差吧！總有一天，你會忽然驚訝發現，自己已置身一場風暴當中！

江嘉陵站在江杰家門外，感觸良多。她本來以為自己這一輩子都再也不會回到這兒來了……發怔了一會兒，她從門口墊子下取出鑰匙開了門，遲疑不定地踏了進去。

屋裡一切都還是老樣子沒變，江嘉陵一顆心定了下來。看著散置各處的手工編織藝品，她不由得想起和江伯母不太愉快、也是唯一的那次會面。江嘉陵走近前去，伸手觸摸那些編織品，樣樣精緻又秀氣。她想著像江伯母手這麼巧的女人，獨力辛苦撫養兒子長大，卻又來不及看到江杰現在的自立，就匆匆地走了，心裡也覺得遺憾又傷神。往日牽扯不清的恩恩怨怨，似乎已隨著時間沖淡而消逝無蹤。

江嘉陵走向江杰房間，推開虛掩房門準備拿稅單。她萬萬沒想到，房內的景象，竟讓自己剎那間心神震撼，連五臟六腑都失了原位——

江杰房間的四面牆上，整面空間裡，全都密密麻麻貼滿了相片！有的，是自己的獨照……有的，是自己和江杰親密的合照……有的，是相片撕得粉碎後，再用膠帶細心的一小塊、一小塊重新拼湊起來……一張張相片，宛如昨日戀情撲動不息的彩翅，滿屋子紛然亂舞，向自己迎面襲來，從頭到腳包裹圍繞！

江嘉陵淚眼模糊了！這幾年來，多少個日夜、多少個晨昏，江杰就是這樣固執守住往日甜蜜記憶的見證，獨自緬懷著當初每一句刻骨銘心的諾言嗎？

「嘉陵，等我好嗎？」

「陵，我們重新再來過，好嗎？」

江嘉陵想起火車站的那一幕，江杰催眠般的聲音、目不轉睛的溫柔凝視……

此刻都變得那麼真實逼近！原來，他當時是如此認真的、從心靈深處吐出每一字、一句！而且至今，仍舊執迷不悔……可是，反觀自己呢？

江嘉陵覺得自己對江杰的愧疚更深了——當初，江杰喪親失恃，孤獨一人在軍中服役，又被迫面對自己殘酷的背叛……舉目茫茫，江杰究竟是怎麼熬過來的？一念及此，江嘉陵簡直不敢再思索下去！貼滿自己和江杰幸福笑靨的四面牆壁，張張相片彷彿都是江杰赤裸裸的質疑與控訴，逐漸向自己逼近過來……她覺得心口越來越緊，似乎就要喘不過氣！

「為什麼？為什麼！」江嘉陵喃喃自語：「江杰，為什麼要引我到這兒來……」她心頭忽浮起一抹難以捉摸的懼意，全身不由得索索顫慄起來。

6

晚春的陽光，暖洋洋遍灑四方。榮星花園滿地芳菲，狗貓到處蹦蹦跳跳。今天這兒舉辦寵物大賽，楊茵茵和江嘉陵也興匆匆混在人群之中。這是拍攝寵物的大好良機，楊茵茵不想錯過。江嘉陵則架好畫板，一筆筆描繪春天的浪漫園景。空餘之暇，還可欣賞一下茵茵揣著相機，跟在小狗、小貓身後奔波不停的忙碌狀。

江嘉陵用層層疊沓的薄顏料和細碎筆觸，表現出色調豐富、具顫動感的畫面。乍看之下，淺綠色調是畫中最矚目的焦點。但她不厭其煩的一再重複添加藍色、淡紫、淡黃、灰白等各色筆觸，以達到色調的平衡目的。

「喂，嘉陵！」茵茵不知何時已站在自己身旁。「怎麼妳的畫裡只有花草樹木，滿園的人群和寵物都不見了？」

江嘉陵看著茵茵促狹的表情，自己也忍不住笑了起來。

「哎，省麻煩嘛！茵茵，妳照完啦？」

「還沒……」楊茵茵不自然地眨了眨眼。「先休息一下再繼續照。」她心裡暗想：自己最近越來越精力不濟，該是離開衣魔公司的時候了！自己不願在工作時看來疲累不振的樣子，徒然貽人話柄。

「茵茵，我怎麼看妳在拍狗的時候，鏡頭都快貼到狗鼻子上了？」江嘉陵好奇問道。

「嗯，這樣拍出來的照片，就是一張大大的狗臉！直接、逼近、絲毫不加掩飾。這是德國攝影大師謝爾司的典型風格，觀者從照片裡好像可以感應到動物的性格和情緒一樣！」

「謝爾司還認為，動物至少有一點勝過人類：起碼動物從來不會去想，我在鏡頭裡到底是什麼樣子？」楊茵茵繼續說道。

江嘉陵細細玩味話中的含意。

「對啊，人有的時候就是莫名其妙的心思太多了！像我，自從江杰出現以後，就常常自己嚇自己，老是以為要發生什麼事了！」

「結果呢？江杰一直很好，不但對天群隻字不提從前，也沒提那次我幫他繳所得稅單的事，跟我們夫妻的來往也以公事為主。」江嘉陵莞爾了。「反倒是我自己，老是對天群問東問西的，問江杰在公司裡表現怎樣？有沒有說什麼？弄得天群都有點奇怪，疑心我好像對江杰關心過度了！」

「那麼……」楊茵茵頓了一頓。「妳是不是還在『關心』著江杰呢？」

「嗯，」江嘉陵一楞。迎著茵茵的目光，她臉不禁微微紅了。「其實……也談不上是關心。畢竟，總是曾經認識一場嘛。」

望著嘉陵有點言不由衷的尷尬，楊茵茵內心替程天群暗暗抱屈。但，楊茵茵隨即提醒自己：妳又是站在什麼立場去評判嘉陵？妳不是也在一直欺騙、縱容著自己嗎？撫摩手中的相機，楊茵茵對自己輕蔑微笑了。

薄暮，下班時分。楊茵茵隻身前來程天群的公司，想託天群帶回一只鍋子給嘉陵。一路上，她一直喃喃自語，有點像小學生緊張地背誦演講稿子。

「這只鍋子燉肉最棒，顧媽把它當個寶似的，嘉陵向她要了好多次都不肯借！」她在心裡繼續默念。「今天剛好經過你公司，想到鍋子就放在車上，我就順道帶上來了，麻煩你交給嘉陵。」

楊茵茵踏進程天群公司大門，有些心神不定。沒想到向人詢問之下，準備半天的周詳腹稿，只換來簡單乾脆一句：

「哦，程天群⋯他出差了，不好意思！」

楊茵茵聞言勉強微笑，心頭悵然。其實，今天一點也不順路……自己只是拐了個彎，想單獨看看程天群，和他講幾句話而已……楊茵茵提著鍋子，正欲轉身離去，卻被人從後喚住。

「妳是……楊小姐嗎？」

楊茵茵回頭一望，面前男子眉目英挺、身形高大——是……江杰？對，他一點兒也沒變！楊茵茵回憶起數年前的陽明山上，那個體貼、博學、善良的大男孩。那時的江杰，渾身上下充滿了青春活力！現在的江杰，雖然脫去了稚氣，卻好像添增了一股淡淡的憂鬱氣息。

「楊小姐見到我很意外嗎？」江杰客氣的自我介紹一遍。

「不會，」楊茵茵淺淺一笑。「嘉陵向我提過你在這兒工作的事。」

楊茵茵和江杰閒聊了幾句，知道楊茵茵的來意後，江杰婉轉陳言：

「如果楊小姐打算待會兒去程家的話，不知道我是否能搭個便車？」

「程天群有個公務上的磁碟片放在家裡，我們剛好急需要用，卻又碰上他在出差。他叫嘉陵明天送來公司，我本來想自己去拿，省得嘉陵還要奔波一趟……」江杰爽朗一笑。「不過，我又猶豫這麼做是不是不太妥當？要是今天能和楊小姐一道過去，那就太好了！」

楊茵茵審視似的看看江杰，不置可否地點了點頭——這樣也好！早點兒把鍋子送走，免得自己拿不定主意，隔幾天又藉著送鍋當幌子，拐彎抹角地跑來這兒！

「楊小姐請等一下，我收拾收拾東西，馬上就好！」

江杰迅速轉身離開，眼角掠過一絲狡黠的光芒。可惜，楊茵茵沒注意到，她的目光被江杰胸前別致的領帶夾吸引住了——K金夾身上，嵌著一方血紅色的珊瑚小球，非常特殊少見的設計。不知怎的，楊茵茵竟聯想到眼淚……那粒渾圓的珊瑚，就像顆已經凝固的淚珠一樣。

7

深夜，程天群剛加完班回家；領帶鬆脫，麻木提著沉甸甸的公事包。雖然春天尚未完全離開，空氣裡已隱然游走夏天特有的浮躁氣息。程天群「槖槖」的鞋跟擊地聲，迴盪在靜悄悄的長巷裡，聽來清脆又孤寂。

今天，從中午休息時間，企劃部祕書「好心」向自己透露全公司都已知道的「熱門祕聞」後，工作節奏就完全走調，待在辦公室變得分秒難捱。一遇到同事，程天群不自覺會感到大家都在背後看自己的笑話。見到江杰尤其難忍，心頭禁不住隱隱作刺、難以釋懷。

程天群越走越急，氣湧胸膛，覺得自己就像個可笑的傻子，被老婆耍得團團轉，直到最後一刻才知道事情的真相！至於江杰，從前女友居然是現在上司的太太，無寧不是件光彩的事。江杰卻對公司到處流傳他仍暗戀嘉陵之事毫不介懷，真是令人費解！或許江杰比較年輕，思想前進。不像自己，平日枉然自詡開通，一旦碰上這種事情仍難免心生疙瘩，滿肚子沒來由的不愉快！

推開家門，嘉陵仍一如往常般熬夜沒睡，為自己等門。看到丈夫回來，江嘉陵起身關了電視，雙眼惺忪。

「這麼晚才回家，肚子餓不餓？」

程天群定定看著嘉陵頻打呵欠的模樣，冷淡回答：

「不餓，晚飯早吃過了！」

他想質問嘉陵，又覺得畢竟那已是婚前舊事，自己的發作站不住腳。但是……有關「祕聞」中嘉陵幫江杰繳稅單的部分呢？而且，從嘉陵對江杰在公司的言行特別關心，還常常詢問自己來看，顯然嘉陵對待江杰也頗為「特殊」！莫非，自己太太對從前的男朋友仍然餘情未了？

程天群悶悶走到電腦桌前，放下沉重的公事包，在桌上粗手粗腳地翻找明天上班要帶的資料。就在無意挪動紙張時，桌面露出一樣陌生的東西：一個K金的領帶夾？程天群拾起夾子仔細端詳，這不是自己的東西……夾身上血紅色的珊瑚裝飾，很特殊、也很眼熟……程天群努力淘洗記憶，模糊腦海中突然靈光一閃：這是……這不就是江杰前一陣子天天戴的那只領帶夾嗎？對，錯不了的！

堆積一天的情緒，剎那間被一根小小夾子整個引爆開來！程天群旋風似的捲進臥房，將領帶夾一把塞進江嘉陵的手裡！

「妳說！這是什麼東西？」

江嘉陵坐在床沿正準備就寢，被程天群突如其來的怒氣嚇了一跳！

「這是……一個領帶夾嘛！」江嘉陵心裡暗暗納悶：天群是怎麼了？吃了炸藥啦？

「這是誰的領帶夾？」程天群氣沖沖的。

「誰的？」江嘉陵把夾子拿在眼前看了半天。「嗯，這夾子好像不是你的哦……」

「這是江杰的，就放在電腦桌上，我剛剛才發現的！」程天群一字一句吐得清清楚楚。

「哦，原來如此。」江嘉陵輕鬆一笑。「一定是那天江杰順路和茵茵一起，到家裡拿你的磁碟片時，剛好掉在電腦桌上的。」

江嘉陵搜索記憶，江杰那天進門時似乎已把領帶脫掉了，並沒有戴領帶夾？不過，這已經是上個禮拜的事了，細節方面自己實在也記不清楚。

「明天你上班時，別忘了把領帶夾拿去還給江杰。」江嘉陵隨口提醒一句。「好晚了，睡覺吧，明天你還要上班呢！」

程天群聞言覺得老大沒趣，半晌站著沒動，這才幽幽吐出一句：

「嘉陵，江杰是妳從前的男朋友？」

江嘉陵心頭猛地一跳——天群…他都知道了？

「江杰皮夾裡藏著妳的相片，被同事看到了，風言風語傳個不停……」

江嘉陵聞言鬆了口氣：幸好只是一張照片而已……她覷了覷天群僵硬的臉色，腦筋一轉便緩緩開口：

「江杰確實是我念碩士時的男朋友。他從小就和母親相依為命，後來他母親突然車禍去世，他心情很不好，我們之間的感情也就淡了。」江嘉陵邊委婉敘述，邊留神注意天群臉部表情的變化。

「就在這個時候，我認識了你，接下來的發展你也清楚……」江嘉陵苦笑輕嘆。「我們結婚時，他正在當兵。我寫了一封信給他，告訴他我要結婚了！從此我和他之間就再也沒聯絡，直到那次凱悅的重逢。」

程天群平靜下來了。

「嘉陵，妳為什麼一直要瞞我，不早告訴我呢？」

「當初也不是想瞞你……那時江杰母親死了，他的心好像也跟著死了，我想分手只是早晚的事而已……」江嘉陵回想起那段灰色的日子，自己的苦情、絕望歷歷在目，至今仍心有餘悸。她閉了閉眼，想抹去那些不快的回憶。

「後來我知道江杰原來是你的同事時，我想事情都過去了，多說無益。說出來徒然讓你不舒服，和江杰相處起來也會怪怪的，何必呢！」

程天群倒向床上，倚在軟綿綿的枕頭裡，覺得內心五味雜陳。

「那……江杰有託妳繳過所得稅單嗎？」

江嘉陵聞言，好不容易鬆懈下來的神經又緊抽起來。

「嗯……那是江杰打電話來拜託我，我也不好意思拒絕。他公務忙走不開嘛，又是申報的最後一天了……只是幫個小忙嘛！」江嘉陵辯解說道。

程天群醋意上湧，不快地哼了一聲——到別人家裡登堂入室拿東西，只算是幫個小忙？

「天群！我真的……實在沒有別的意思！」江嘉陵有些結巴了。「我只是想，雖然不是戀人了，但還是可以做朋友，大家互相幫忙嘛！」

看著嘉陵誠惶誠恐的樣子，程天群心軟下來。

「嘉陵，」程天群直起身來，握住妻子的手。「我不希望妳和江杰維持朋友關係，這樣會干擾到我們夫妻生活，讓我感覺很不舒服！嘉陵，我的要求是不是太自私了？」

「不會的……」江嘉陵急急說道：「我應該多考慮一下你的感覺才對，我會跟他說清楚的！」

兩人深情相擁，滿天烏雲散盡。程天群氣息漸促，覺得嘉陵軟香的身軀，彷彿能吸走自己一天的疲勞與不快。他輕輕吮著嘉陵脖子上細柔的髮根，嘉陵怕癢，在他懷中低笑閃躲。兩人在床褥之間繾綣私語，直到倦極睡去。

凌晨，江嘉陵忽然醒了。看了看猶在熟睡的枕邊人，她披衣而起。在床邊靜思默想一會兒後，她悄悄從梳妝台抽屜取出一樣東西，向洗手間走去。

昨晚的爭執，讓她有些心慌。心中層層疊疊的思緒，理也理不清楚……她暗暗想道：或許…自己和天群的婚姻，欠缺的只是一個孩子？一揚手，她眼看著掌裡的避孕藥丸，隨抽水馬桶「嘩啦、嘩啦」的聲音而逝。

8

江嘉陵信步走在T大校園裡。校園裡古老典雅的建築仍如往昔，只是新添陌生的建築也為數不少。她看見校園大道旁的鳳凰花樹已盈盈負載無數火紅蓓蕾，含苞待放。想起自己曾在這株樹下，數過好幾次的花開花落；她不禁有些興奮，又有些失落。

走到化學系館，江杰已如約定等在那兒。天群始終沒有歸還領帶夾，江嘉陵明白他是故意遺忘的。藉著還夾子的機會，江嘉陵想向江杰說清楚一些事情。沒想到，江杰卻選在這個地方……

「T大妳多久沒回來過了？」江杰迎著江嘉陵，幽幽問道。

江嘉陵深吸一口校園中的空氣，感覺甜美而清新。

「好久了…結婚後就沒來過了！」她微微一笑。「不過，在我心靈深處，這兒永遠是自己最熟悉、親切的一處角落！反而是現在就真的站在這裡，感覺上倒沒有那麼真實了。好奇怪，是不是？」

江杰不語，默默盯著江嘉陵，眼神遙遠而憂鬱。

「喏，」江嘉陵尷尬地伸出手掌，掌中躺著那只惹事生非的小領帶夾。「這個……你上次忘在我家了，還給你吧！」

「還有…」江嘉陵困難地吸了口氣。「我想…我們以後，嗯…最好不要再有私人方面的接觸了！這…好像……似乎不太好——」

「這是程天群的意思吧！」江杰目光犀利。

江嘉陵無語，算是默認了。

「哈哈哈！」

江杰仰天大笑，把手中的領帶夾輕蔑一擲，拋落在地！江嘉陵愕然不知所措。

「我等的就是這一天！只是沒想到……會這麼快就來臨！江嘉陵，妳的婚姻真的就這麼脆弱！」

江杰雙手一攤，直直問到江嘉陵的臉上！

「妳和程天群結婚時立下的誓言，難道就那麼禁不起考驗？只是辦公室的幾句流言，甚至，不過是一枚微不足道的小領帶夾，你們兩個就對自己的婚姻喪失信心，亂了陣腳，忙著堵塞我這個禍源了？」

江杰激動喘息，眼睛射出奇異的光芒。

「原來，幸福就像沙灘上空洞的城堡，脆弱的不堪一擊！只要一波浪頭打來——」江杰伸手向空中猛力一揮！「美麗的城堡就『轟』的一聲整個塌掉了！」

江嘉陵目瞪口呆看著這一切，看著江杰如此失常的行為。忽然，她若有所悟，空白的腦海清醒過來……一陣冰涼爬過背脊，她聲音發顫了：

「是你……一切都是你設計的！所得稅單、皮夾裡的照片、遺失的領帶夾、一切的一切……對不對？」

一股激憤勇氣升起，她無畏迎戰江杰緊盯自己的目光！

「江杰，為什麼？」

江杰嘴角斜撇，似乎聽見世界上最好笑的問題。

「為－什－麼－？」他細細咀嚼這三個字。「當我收到妳那封告白信後，每一天、每一刻，我也都在反覆問自己這三個字——為什麼…為什麼？為什麼！哈哈——」

目睹江杰狂亂的神情，江嘉陵絕望搖頭——這不是自己記憶中的江杰！我的江杰不是這樣的……

「江杰，你瘋了……你是個瘋子！」

江嘉陵喃喃自語，聲音沙啞，腳步不斷後退。一轉身，她打算遠遠逃離，逃開這場駭人的噩夢——但，江杰猛然從背後緊緊箍抱住她，讓她動彈不得……

「嘉陵，別離開我！我不能忍受這個……」江杰失控的嘶聲說道：「我是瘋了！我從前是個傻子，現在是個瘋子！但是嘉陵，我都是被妳弄傻搞瘋的啊！」

江杰一直偽裝的面具終於掉下，砸得粉碎！他的眼眶迸出熱淚！他知道自己無法回答嘉陵的問題，無法回答那簡單的三個字——為什麼呢？自己為什麼要這麼做？是為了眼前這個女人……為了恨她？抑或為了愛她？自己已分不清了！自己只知道：他不想再失去嘉陵一次！尤其……現在身處在這樣熟悉的環境裡，一景一物，都有太多只屬於他們倆的美好回憶，歷歷浮現眼前……

江杰正哽咽間，江嘉陵緩緩轉過身來，清麗臉龐也掛著兩行淚痕。她哆嗦著伸出手，拭去江杰頰上的眼淚。江杰突然眼睛一亮，緊緊抓住江嘉陵拭淚的手！

「嘉陵，我們重新再來過！」江杰聲音興奮的發燙！

「陵，我們把過去通通忘掉，重新再來一遍！」

江嘉陵嚇住了！江杰那溫柔熱烈的凝視目光，那催眠般的言語，和當年火車站的情景一模一樣……只是，現在的自己，連當年猶疑不定的承諾也給不起了！

「陵，我知道，妳並不愛程天群！」江杰搖撼江嘉陵的肩膀。「他只是妳那時在茫然之中，選上的感情替代品而已！」

江嘉陵開口想辯駁些什麼，但江杰的頭已迅速俯下，有力吻住江嘉陵的雙唇。這種感覺，這種接觸，在記憶中似乎好遙遠、又好熟悉……江嘉陵想反抗，但全身熱烘烘、軟綿綿的，硬是使不出半點力氣，只能被動地依偎在江杰懷裡。

「陵，我真的好想妳！我的世界只剩下妳了，妳怎麼忍心拋下我獨自一人，離我而去？」

江杰喃喃囈語著，語音被雙方纏綿交疊的嘴唇擠壓得模糊難辨。一瞬間，江杰心念忽動——江嘉陵只覺頸項一陣麻刺，整個人倏地從迷糊昏沉中驚醒過來！她一把推開江杰，掙脫出江杰的懷抱！

「我們不行的，不行這樣的！」江嘉陵滿面通紅，結巴的語不成句。

「再見。」匆匆道別後她頭也不敢回，像隻受驚的小兔子，匆匆轉身就直奔離去。

江杰怔怔的，獨自立在白花花的陽光下。他握緊拳頭，看著江嘉陵迅速消逝的背影，心裡暗暗起誓：她是我的！這次，誰也別想把她從我手裡奪去！

江嘉陵心神不屬地走在回家路上，只覺呼吸間、衣服上還盡是江杰殘留的體溫與氣味！她恍惚中一頭撞進家門，卻意外看見天群正端坐在客廳的沙發上。

「嘉陵，妳上哪兒去了？」

程天群起身上前，笑容滿面。江嘉陵有些錯愕，表情十分僵硬。

「我今天下午拜訪經銷商，拜訪完後本想回公司。」程天群似乎無意等待妻子回答，熱切的又說起話來，還柔情撫摸妻子光亮的長髮。

「後來在路上，我就想乾脆回家好了！提早回來，多陪陪妳！妳——」

程天群的話突然煞住，手從江嘉陵的髮上落到她的脖子，臉色大變！

「這是？妳脖子上⋯⋯」

程天群一口氣堵住接不上來，江嘉陵聯想到頸項上曾有的痲剌感，似乎明白什麼了⋯⋯她快步走向臥室；果然，梳妝台的鏡子，映照出自己頸上有塊微青泛紅的吻痕！天啊！江嘉陵頹然坐落椅中，雙手抱頭——這下子，自己真的是跳到黃河也洗不清了！

「嘉陵——」她聽到天群的聲音從地底冒起。「妳今天到底上哪兒去了？」

江嘉陵深吸一口氣，穩定自己起伏厲害的情緒。

「我今天和江杰碰面，把領帶夾還給他。順便告訴他，我們最好不要再有任何接觸了。」

「然後⋯⋯」江嘉陵下意識地觸摸自己脖頸的那塊印記。望著臉色鐵青的丈夫，她想編個無害的謊言，但一時半刻之間，空白的腦海實在織不出一字片言！

「嗯，後來⋯⋯江杰情緒不太穩定，他抱⋯⋯抱住我，叫我別離開他——」江嘉陵神經質地絞著手指。「嗯⋯⋯最後我推開他，⋯⋯就走了！」

程天群聽畢扭頭就走，怒火燒著眉睫，江嘉陵忙上前拉住他不放。

「天群⋯⋯」江嘉陵顫聲詢問：「你要去哪？」

「我要去找那小子！」程天群從牙縫裡恨恨迸出聲音！「他分明是故意搞鬼！我要問他，他到底想怎麼樣！」

江嘉陵一聽之下愈發拉扯得緊了，急的只是大嚷：

「天群，求求你別去找他！事情都過去了，我已經跟他說清楚了！你何必這麼激動嘛！」

程天群靜了下來，定定瞅著嘉陵，眼神奇異。

「對嘛！」江嘉陵看天群恢復理智，不禁鬆了口氣。「你跟江杰怎麼說也是同事，用不著撕破臉。天群，不要生氣了！」

程天群緩緩開口了：

「我不要生氣？」他語調冰冷。「有人以我為攻擊目標，蓄意破壞我的婚姻，在辦公室四散令我不快的小道流言！妳還說，叫我不要生氣？」

程天群咄咄反問江嘉陵：

「有人希望與我老婆舊情復燃，三番兩次騷擾糾纏。美其名是請妳幫忙，骨子裡是想藉機親近。最後居然過分到苦苦哀求妳別離開他，還和妳——」程天群光是想像那場景就氣湧胸膛，把接下來要說的話又硬生生嚥了回去！

「嘉陵，我有足夠的理由生氣！妳也是一樣！有人要毀掉妳的婚姻，動搖妳目前的生活啊！」程天群越說越激動。

「可是，妳的反應為什麼這麼麻木、這麼奇怪？江嘉陵，妳為什麼不生氣？」

程天群匯集內心所有的疑問與情緒，一股腦迸發出來！

「嘉陵！我真正生氣的原因，是妳為什麼竟會一點也不生氣！」

江嘉陵被程天群的巨大聲浪，震得倏地退坐床上！一切都亂了……她的腦海一片茫然，無法思考也無法運轉。她回答不出程天群的問題，只是靜靜坐在那兒，用可憐兮兮的眼神仰頭看著張牙舞爪的丈夫。

「還是，」程天群聲調一暗。「現在的婚姻、生活對妳而言，根本不值一提！所以，妳也沒有生氣的必要？」

一分一秒好像有整個宇宙那麼漫長，程天群仍然等不到江嘉陵的答案……江嘉陵的茫然沉默深深撕裂程天群的自尊了！程天群眼中掠過一抹受傷的神情。一轉身，這次他真的衝了出去。

9

程天群衝出家門後，在台北街頭怏怏閒盪。黃昏時分，處處車水馬龍，大家都趕著回家。程天群想到，對比之下，只有自己心情惡劣地浪跡街頭。本來高高興興的提早回家，打算給嘉陵一個驚喜。沒想到，竟會演變成如此烏煙瘴氣的荒謬場面！程天群又嘔又氣，情緒起伏無法平靜。他憤憤想著：這一切，都是因為一個人的存在——江杰！自己迫切需要知道，嘉陵和江杰過去到底是怎麼回事？今天這一切，是不是和過去有所關聯？心思一轉，他想起一個人。這個人，一定知道所有的答案！

突然接到程天群的邀約電話，楊茵茵著實有些惴惴不安。這樣和程天群單獨碰面，沒有嘉陵在場，還是她和程天群彼此認識以來的第一次。楊茵茵趕到電話中的鋼琴酒吧時，程天群已半醉了，眼神迷濛，有點語無倫次。

鋼琴酒吧的琴聲切切低訴，四周燈光昏暗朦朧，這是個刻意引誘人們感情淪陷的地方。楊茵茵看著坐在自己身旁、近在咫尺的程天群——程天群端著酒杯，意識不清……頭一次，自己可以這麼放肆地打量、端詳程天群的眉、眼、鼻子、嘴唇、臉頰、下巴，還有下巴上青青的、刺刺的鬍渣……完全放開任何顧忌，就這麼痴痴地看著。

可是，程天群眼中的無限煩惱，不是源於自己。程天群口中喃喃訴說的，也是和嘉陵的爭吵、對嘉陵與江杰過往戀情的好奇和迷惑。程天群找自己來，是因為現在的他需要一雙耳朵，包容他沮喪、憤怒、不安的傾吐；也是因為自己始終知道一切、了解一切。但，就僅止於此了……楊茵茵默然思忖。

最後，把爛醉如泥的程天群送回他家，是楊茵茵費了九牛二虎之力才完成的工程。開門迎接的，是嘉陵那張焦急愁苦的容顏。在一瞬間，楊茵茵心悸地覺得，那彷彿就是當年母親面孔的縮影！同樣是苦苦等候酒醉晚歸的丈夫，數著時鐘，分分秒秒都在心頭滴答不停……怔怔看著嘉陵扶走程天群走向臥房，聽著嘉陵張羅丈夫在臥房睡下的細碎聲響，楊茵茵眼淚竟不聽使喚地衝向眼眶。她定了定神，在客廳沙發緩緩坐下；想起在鋼琴酒吧裡，最後，程天群那番半醉半真的高聲大笑：

「哈哈！唉，茵茵，其實我早曉得問妳也問不出什麼結果！」程天群眼佈紅絲，滿身酒氣。「妳是嘉陵的死黨，對她和江杰的過去，妳當然是替她守口如瓶了！」

楊茵茵淺淺一笑，不以為意。

「其實，我那個時候也沒看出江杰是這麼偏執的人，我只當他是個大男孩而已！」楊茵茵頓了一頓。「沒想到，他居然會這麼做！對過去的事實，不能接受、不能遺忘、不能逃脫，這是很痛苦的！」

楊茵茵眼神遙遠起來。

「江杰……他想對抗什麼？挽回什麼呢？他真有膽子！不過，這是沒有用的！」楊茵茵搖頭了。「沒有用的……」

楊茵茵猛地住了口！她不知自己是怎麼了，怎麼會拉拉雜雜地講了這麼些不相干的話？她看了看身旁的程天群，只見他似乎還迷迷糊糊的，楊茵茵繼續說道：

「天群，不要煩惱了。江杰這麼亂鬧是沒有用的！其實你很幸福，幸福一直都在你的手裡。好好珍惜，不要親手毀棄了。」

楊茵茵伸出自己的手，怔怔凝視，只看到指尖被血糖機刺戳的針痕……此時，一隻白淨的手緩緩覆在自己掌上，楊茵茵自沙發上抬起頭——是嘉陵的手……江嘉陵兩眼盛滿無助，蹲下身子，把臉深深埋進茵茵的膝頭。

「茵茵，為什麼？忽然之間，好像一切都變了！」江嘉陵哽咽的聲音幽幽上揚。

「江杰變了…變得好陌生，我都不認識他了！」

「天群也變了！我從婚後一直努力做個好太太，為什麼他要這麼冤枉我、這樣對待我？難道，要每個人都像張白紙一樣，不能有段過去嗎？」

楊茵茵無言以對，只能輕輕拍撫嘉陵弓身的背脊。入夏了，天氣日漸炎熱。可是……是錯覺吧？楊茵茵卻覺得這屋子裡，似乎是越來越冷了。

10

「茵茵，妳的眼底攝影結果出來了，視網膜情況良好。」

張醫師欣慰地說著，檢視楊茵茵的各項檢查報告。

「茵茵，控制得不錯，繼續努力。不過，」張醫師沉吟了一下。「妳蛋白質的攝取量得再降低才行。」

楊茵茵嘴角牽動。是的……自己最害怕的事這些日子終於發生了！算算自己的病齡，也該是發生的時候了！自己從小時一發病開始，就知道這是必然的結果。但，真的事到臨頭了，還是忍不住恐懼的情緒——腎臟病變終於漸漸纏上自己；而且，情況絕對只會越來越糟而已！最好的情況，就是盡量維持現狀，能拖多久就算多久……

十幾年來，每次的門診追蹤檢查，楊茵茵都覺得自己像個待審的死囚。明知難逃最後命定的結果，卻仍不甘心的一次又一次上訴抗告，希冀延緩爭取些許時日；甚至，等待著奇蹟出現？

「那我還能吃什麼呢？」

楊茵茵幽幽開口了。

「我有糖尿病，醣類食物的攝取要限制。糖尿病併發了血管病變、硬化，所以脂肪類也不能多吃。現在，又併發了腎臟病變，蛋白質食物更要嚴格限制。那……我到底還能吃什麼呢？」

張醫師聞言愕然。想出言安慰，竟也一時為之語塞。

「或許……等到我最後惡化成腎衰竭時，味覺通通喪失，就根本不想吃東西了！」

楊茵茵感到，自己只要一想到糖尿病腎病變惡化末期的患者，餘生得靠洗腎度日。那蠟黃的臉色、浮腫的面龐；還有，那每次洗完腎後嘔吐不止、掏心挖肺的慘狀，自己就恐懼驚慌，久久無法平靜下來！

「或許，我十歲發病那年，你們就不該救我回來，讓這麼多人陪我一起受苦……」

張醫師看著面前的茵茵——這正是十餘年前，自己盡力救活的那名奄奄一息的小女孩嗎？如今，小女孩長大了，她並不快樂，反而質疑自己不該救她回來？

「茵茵，我不知道該怎麼說才好……」張醫師沉重說道。過了一晌兒，想提起精神安慰她。

「其實妳也不要那麼悲觀。嗯，妳知道，醫學一直在進步，說不定哪天妳的病就有希望了！」

楊茵茵苦笑著揮揮手，打斷張醫師盡責的安撫與勸告。

「張醫師，你別說了。是我不對，我不該怪你的！」楊茵茵苦惱的喃喃低語：「對不起，我也不知道自己為什麼會這樣。」

令人灰心喪志的無力感深沉地包圍住她——在這場和糖尿病的長期抗戰裡，時間漸漸證明了，誰才是最後真正的贏家！她真的累了、倦了……劇情既已窮途末路，難題是：如何才能全始全終？

「沒關係的，茵茵，這種心情低落的症狀在糖尿病人中很常見。我給妳開一些抗憂鬱的藥物，吃了藥就會沒事的！」

耳邊響起張醫師溫暖的言語，楊茵茵默默點頭，恢復以往的服從乖順，腦海中卻浮起了郁如遺像的面容。她還記得遺像臘黃臉龐上那抹若有似無的微笑，此刻正駐留心頭，久久揮之不去。

一踏進家門，楊茵茵就看見母親和顧媽在客廳焦急等候著。八成是張醫師先打電話過來，告訴他們自己在門診時罕有的情緒不穩了。

「我回來了！」楊茵茵語調平靜。

「茵茵，」母親語氣小心翼翼的。「妳回來啦！嗯……今天門診的結果如何？」

「很好哇！」楊茵茵很快地回答，露出笑容。「不過，腎功能不太理想，所以飲食計畫又作了一些調整。」她頭一偏，瞥見客廳角落堆著的一大袋瓶瓶罐罐，臉上笑容迅速消褪了。

「哦，這……我忘了拿走了！」顧媽急急走來，想把那一大袋礙眼的洗髮精、潤絲精、沐浴乳等等清潔用品提走，嘴角還掛著討好的微笑。「我明天就把它們通通送走，送到我兒子、女兒那裡去！」

楊茵茵看看顧媽那副惟恐自己生氣的表情，又看看那無辜的一大袋高級清潔產品，忽然間心頭一軟——算了……要是母親和顧媽真的不想讓自己看見這些東西，就不會十幾年來，每次只要他一送來，他們就把他送的東西擺在不顯眼，但自己一定會看到的角落裡了。

「嗯……等一下。」楊茵茵臉色緩和下來，走過去蹲下身子，翻撿幾下袋中的產品。顧媽看著茵茵和以前迥然不同的反應，驚的茫然一片！坐在沙發上的若容也楞的微張嘴巴，隨即眼中閃爍隱約的淚光。

「剛好我洗髮精快用完了。顧媽，就留下幾罐洗髮精，放到浴室去好了！」

楊茵茵輕描淡寫地交代幾句，就轉身步上樓梯，走進自己的攝影室裡。這裡，一向是她祕密的心靈避風港。她打開靠牆而立的整排大型電子防潮箱，依依不捨地輕撫箱中每一支珍貴的鏡頭、每一架所費不貲的相機。還有，那數量龐大的底片、幻燈片，忠實記錄著自己從十二歲進入攝影世界後，一點一滴辛苦走來的成長腳步。自己有一天終會離去；到那時，誰能真正欣賞、了解你們，日復一日珍惜、看顧著你們呢？

楊茵茵心情沉重，茫然坐落地上，弓起雙膝埋住面孔，整個人如一頭冬眠的獸，靜默地蜷成一團。

「茵茵，妳怎麼了？」

楊茵茵抬頭一看——是媽媽……母親不知何時進來的，正關心注視蒼白的自己。

「沒什麼……有點累而已。」楊茵茵低聲應道。

若容蹲落女兒身旁，輕撫茵茵的頭髮。想起適才客廳的一幕，若容忍不住開口了：

「茵茵，妳…不怪妳爸爸了？」

看著母親有些欣慰的表情，楊茵茵只覺內心思潮起伏，一時也不知從何說起。窗外的夕陽餘暉，正透過窗子映在母親臉上。金黃橘紅的柔和光芒，模糊了母親已顯蒼老的美麗輪廓。母女面貌這般神似，相併依偎竟有如連體嬰孩。楊茵茵心底突地一熱，握緊了母親的手。

「媽，妳不要再為我操心了！」

楊茵茵凝望母親，臉上表情溫柔寵縱，似乎自己看的不是母親，而是一個自己鍾愛又莫可奈何的孩子。

「我唯一不放心的，是媽咪啊！媽，我已經耽誤妳太久了，妳趕快去尋找屬於妳自己的人生吧！」

「茵茵，妳說這話是什麼意思？」

若容驚慌地盯著茵茵，和女兒交握的手握得更緊了；似乎生怕一鬆手，自己的茵茵就從此消失無蹤！

「媽，我沒事的！」楊茵茵安撫著母親，微微地笑了。她調頭望向窗外，滿天金光燦爛。夕陽無限好，只是近黃昏。莫名感慨掠過心頭，楊茵茵眼角閃動一絲光芒。

「我只是這輩子以來，第一次想反叛一下，把生命掌握在自己手裡而已。」

11

一根竹竿橫斜陽台東西兩頭，江嘉陵正慢條斯理地收撿竿上晾的衣服。難得的星期假日，整個上午天氣卻有如蒸籠一般；皮膚隨時都黏黏地沾著一層熱汗，空氣也像吸滿了水的海綿潮濕滯重。這樣看來，今天午後大概會下場雷陣雨吧？江嘉陵趁吃完中飯的空檔，趕緊把晾在外面的衣服收回家裡。

吃完中飯後，程天群就一直坐在客廳沙發上看報，專心的像生根的化石一樣。雖然厚厚的報紙擋住了天群的臉，也擋住了他的心思；江嘉陵捧著衣服經過他身旁時，還是忍不住快速地掃了天群一眼。就在此刻，程天群拿報的手也忽然矮了一矮，他的眼睛正巧尷尬的和嘉陵偷瞄的目光碰個正著——雙方眼神立時不自然地避開了！程天群淡淡的隨口閒扯：

「衣服都乾了啊？」

「嗯，」江嘉陵也配合地笑了笑。「都乾了。待會兒可能就要下雨了，趕快收進來比較好。」

江嘉陵捧著衣服走進臥室，把滿懷衣服往床上一攤，一件件慢慢折疊整齊。

自從上次的「吻痕」事件後，雖然自己和天群事後已言歸於好，但兩人之間相處的感覺卻變得怪怪的。說不上來是哪裡不對勁；但，就是和以前不一樣了！平常天群忙著上班、出差倒也還好，最怕的就是這種天群沒事在家的假日。兩人共處一室、大眼瞪小眼，那種陌生的感覺總教江嘉陵心慌的特別厲害，不得不藉著拖磨各種家務速度來打發漫長時光。

天際似乎低低響起幾聲雷鳴；數陣悶吼之後，果然，黃豆般的碩大雨點凶猛打落，把籠罩一上午的濕熱窒息之感一掃而空！室內漸漸潛進那股雨天特有的沁涼味道。戶外雷越打越響，雨也越落越急。在一串連綿雷聲之中，江嘉陵似乎聽到大門正「砰、砰」作響，敲門聲顯然急促非常！

江嘉陵起身走出臥室，她看到開門的天群呆立門邊。江杰，全身淋得濕透，彷彿無視天群的存在，施施然從門外跨進，一逕直直走到江嘉陵面前！兩人眼觀眼、鼻對鼻，江杰烏黑雙眸霧沉沉的，只是低低撂下一句：

「我打電話給妳不接，約妳出來也不肯，我只好就這樣來了！」

江嘉陵如石膏像般無法移動，腦中意念天旋地轉——這是夢？江嘉陵，妳一定是做噩夢了！但，江嘉陵感到自己的手被江杰款款執起，溫柔地摩挲，兩人交握的手隨即被急步趕來的天群怒氣沖沖的一把扯落——

太過分了！程天群瞪著面前這位膽大包天的男子，眼珠噴火，激動憤怒地說不出話來！這些日子以來，他已經受夠了！每天在辦公室裡，江杰總是表演一副失意情聖狀，搏取所有同事的好感與同情！回到家裡，嘉陵竟也認為自己對江杰的態度是反應過度；甚至，是有點無理取鬧！對自己採取無奈又敷衍的安撫政策，完全不能體會自己複雜的心情……程天群覺得自己像塊夾心餅乾，窩囊透頂又有苦無處訴，已經在努力調適自己的心境維持平穩了。如今，江杰竟敢大剌剌的公然登堂入室，和自己老婆一副難捨難分狀，簡直是目中無人！是可忍，孰不可忍！

程天群正待發作，卻被江杰揮手阻止了。江杰面容平靜自信，掛著莫測高深的微笑。

「程先生，請你不要生氣。我所以會這樣稱呼你，是因為我今天來不是以同事的立場，而是以男人對男人的立場，要和你討論一些事情的。」

又是一個叫自己不要生氣的人！程天群忽然感到這個世界很荒謬。適才氣的四肢發冷的自己，竟開始有點想笑的衝動了。

「程先生，請你把江嘉陵，也就是我的妻子還給我！」

江杰石破天驚的一句，把程天群和江嘉陵震得目瞪口呆！窗外千軍萬馬的暴雨聲一下子清晰起來，嘈嘈攻心。程天群仔細看了江杰一眼，後者表情嚴肅認真，不太像開玩笑或精神失常的樣子。

「江杰，我想你弄錯了。」

「不，是你錯了！」江杰悍然打斷程天群的話語。「我和嘉陵早已誓言結為夫妻，共度白首。後來在法院公證結婚那天，我母親在前來途中車禍去世，我們才被迫取消婚禮。但，有沒有世俗的儀式並不重要。重要的是，我們倆已互立誓盟，約定今生今世永遠不渝！」

程天群臉上「刷」的一下抽去血色！這段往事自己聞所未聞，嘉陵為什麼從前不對自己坦白相告？程天群不諒解地望向妻子；江嘉陵急的睇了江杰一眼，滿是責怪之意。她想趨前向天群解釋，卻被江杰一把攬在背後。

「嘉陵，妳不必向他解釋些什麼！他本來就是個第三者，趁我當兵不在妳身邊的時候把妳搶走。對妳而言，他只是個感情的替代品而已。現在也該是他離開的時候了！」

江杰說畢意氣昂揚地睥睨程天群，程天群終於忍不住一步跳了過去，狠狠揪住江杰的衣領！

「江先生！我警告你不要太過分，對我老婆拉拉扯扯的，要不然……」

江杰不甘示弱，反手扯住程天群的袖子，雙方像兩隻被激怒的公雞鬥個不停！江嘉陵在旁發急亂嚷，使勁拉開纏成一團的兩人……

「你們不要這樣！江杰，我拜託你快走好不好！天群是我丈夫，我和他是有感情才結婚的，不是像你想的那樣！我拜託你不要再一廂情願，對我糾纏不休了！」

「我一廂情願？我糾纏妳？」

江杰大受刺激，使勁甩開程天群，用力搖晃江嘉陵的肩膀。

「陵，是妳日日夜夜糾纏著我，不肯放過我啊！」江杰嘶聲吶喊：「妳看過我的房間吧！我的心就和那房間一樣，四面八方全被過去和妳共度的點點滴滴佔滿了，密密麻麻的，我想逃也逃不出去啊！」

江嘉陵倏地被擊垮了！她憶起初進江杰房間那份神奇的感動，是這輩子想忘也忘不了的心魂震撼……程天群此時趁空撲過身子，沉聲怒吼：

「江杰，把你在嘉陵肩上的手拿開！」

江杰猝不及防被推倒在地，額角撞上茶几，一縷鮮血徐徐披面淌下，深紅刺目──

「血！」

江嘉陵驚呼失色，奔去察看江杰額上的傷處。

「江杰，你流血了！你不要動，不要動！」

江嘉陵慌了手腳，越過楞住的程天群，急急翻箱倒櫃找藥水；擔心地跪在江杰身旁，輕手輕腳處理傷口。江杰只是痴痴凝視著她，目光眷戀依賴，如一頭乖順堪憐的綿羊。

定定看著嘉陵為江杰擦藥，那種細緻、溫柔、小心翼翼、生怕弄痛江杰的動作，再再刺傷程天群的心靈深處。奇怪的是，程天群並不憤怒，反而感到前所未有的平靜——在這幅男女二人深情款款的畫面裡，程天群突然感到自己是很多餘的……他緩緩轉身出門，步入雨中。畫面中的兩人，仍渾然未覺他的離去。

12

陽明山的夜，寂靜、冷清，聽不到一丁點兒的車聲喧嘩。

楊茵茵倚在沙發上，百無聊賴地翻著雜誌。又是一個母親赴美出差，顧媽回家探望的夜晚。獨自守著偌大一幢房子，只有客廳電視流洩出的人聲笑語，為滿屋凝滯空氣增加些許溫度。

「鈴——」

電話鈴響，代表外面世界還有人牽記著自己。楊茵茵幾乎是喜悅地拿起話筒——是阿倫！

「喂，楊姐啊！我剛下飛機，就打電話向妳報備啦！」阿倫聲音愉快興奮，聽不出一絲長途旅行之後的疲累。

「阿倫啊，企鵝照得怎樣？」楊茵茵輕鬆問道。

「嚇，總共照了兩百多張！雖然沒法到南極去拍，不過能到紐西蘭拍企鵝也算不錯了！」阿倫爽朗一笑。「哦，對了！楊姐，這次向妳借的攝影器材，我上班時就還給妳。」

楊茵茵沉吟半晌。

「阿倫，那些器材就送給你好了！」

「嗄！楊姐？」阿倫顯然吃了一驚。

「沒關係的，反正我一時也用不到，就留在你那兒，算是我們公司的共有財產好了。」

「嗯，好吧……謝謝楊姐！楊姐，我明天就去上班！」

「不必那麼急，你多休息幾天吧！」

「沒關係的，我得趕快回去賺錢！這次旅行我和攝影同好打聽清楚了，我下個目標是去北歐拍北極光。據說簡直是人間奇景，美的不得了呢！」

楊茵茵笑著搖頭——阿倫這小子真是的！一忽兒南極，一忽兒北極，怎麼就專愛跑些鳥不生蛋的荒涼地方啊？

「好了，楊姐，沒零錢了，我得掛斷了！」

阿倫嚷著「拜拜」，楊茵茵卻依依不捨地抱著話筒不願結束。她磨蹭著一句再見還沒來的及出口，阿倫已收線了。

楊茵茵悶悶掛回電話，一切又回復原有的孤寂冷清。她站起身，閒踱至窗邊觀賞山下萬家燈火的夜景。不料，卻看見自家花園門外有一人影正徘徊不去。

楊茵茵戒慎的將大門微微開啟，仔細張望一番，打量那人影好像是——是程天群？楊茵茵心一跳，匆匆跑出。程天群半醉半醒，衣衫不整，手上還拎著酒瓶，在花園門外喃喃自語的繞圈亂轉……

「茵茵，是妳？真的是妳啊！」

程天群醉眼迷濛地斜睨跑來開門的楊茵茵。

「我這樣子不敢敲門，怕嚇到妳，哈！」程天群朝身上亂比一通。「妳說，我現在看起來是不是很狼狽？」

「天群，你醉了！」楊茵茵冷靜說道。

「不，我沒醉，我清醒的很！」程天群一臉得意狀。「我剛剛開車上山，穩的很哪！我加足油門，看見時速表一路往上衝——六十、七十、八十、九十、一百……哈，真過癮！風呼呼地吹，把我腦袋裡的東西通通掏空了，什麼煩人的思想都不見了。太好了，我就是需要這樣！」

程天群說得輕鬆，楊茵茵卻聽得冷汗直冒。她伸手去扶程天群。

「有什麼話進來再說吧！」

程天群隨著楊茵茵的攙扶迷迷糊糊地踏進屋裡，連鞋也忘了脫下。楊茵茵注意到天群的鞋子「叭噠、叭噠」的吸飽了水，程天群也自覺鞋子沉重礙腳，率性的兩隻通通甩到角落！

「不好意思，」程天群搔了搔頭，講話有些大舌頭起來。「下午淋了場雨，捱到現在頭髮、衣服都乾了，只有鞋子老是乾不了。哈，真奇怪！」

程天群瘋瘋顛顛的，楊茵茵也摸不透真假。他把酒瓶往楊茵茵面前猛推，高聲大嚷：

「茵茵，今天發生了件奇事，我們兩人非好好來喝酒慶祝才行！」

「奇事？」

「對啊！今天有對夫妻坐在家裡好端端的，忽然太太的從前男友闖了進來，口口聲聲要那個先生把他的太太還給他！」

程天群激動地比手畫腳。

「原來嘉陵是他的太太，不是我的太太欸！他說他們倆早有海誓山盟，就算沒走進禮堂，今生今世也算是夫妻了！我算什麼？我只是個不相干的外來者而已！」

程天群說畢就舉起酒瓶猛灌一口，又推給茵茵硬要她喝！

「我的病不能喝酒的……」楊茵茵避開直朝自己的酒瓶，急急發問：

「天群，後來呢？」

「後來？」程天群反應茫然。「後來沒怎樣啊……我氣不過，就推了那小子一下，那小子額頭撞到茶几流血了。嘖嘖！嘉陵是多麼心疼啊，根本就無視我的存在……」

程天群口氣頓了一頓。

「原來嘉陵曾經差點和他公證結婚，難怪他會心有未甘、一再糾纏。」程天群直直盯著楊茵茵。「茵茵，你們真是瞞得我密不透風、滴水不漏啊！」

楊茵茵心虛地垂下頭去。夾在好友與暗戀對象之間，其實自己也常處於兩難境地……聽完天群的敘述，自己反倒嫉妒江杰、羨慕江杰了——為什麼？為什麼江杰就敢那麼單純地執著，為了一段早就過去的感情，這樣子不顧一切、蠻幹到底？

「茵茵，妳生氣啦？」

瞥見茵茵沉默不語，程天群倒是不安起來。

「沒有…」楊茵茵笑了笑。「我只是在想，這件事的確很稀奇，平常好像沒聽過。」

「就是說嘛！茵茵，來，乾一大口慶祝一下！」

看著天群直溜溜猛盯自己的殷勤勸酒，楊茵茵不禁怦然心動——也罷，平常自己這個那個的束縛也實在太多。活這麼大了，竟連酒都沒沾過一滴！看來自己得效法江杰一下，別再扭扭捏捏了！

「好，喝就喝！」

楊茵茵爽快舉瓶大喝一口，卻被辣的嗆了滿地，讓程天群樂的拍掌大笑！

「茵茵，慢點喝啊！酒是好東西，能讓妳忘掉一切煩惱……我每回出差都得喝酒應酬，看來妳還在幼稚園階段哩！」

楊茵茵瞪了天群一眼，賭氣的再拿起酒瓶。這回有經驗了，她不再對嘴就灌，而是讓酒慢慢滑過喉嚨，一路熱熱的直進胃裡。不消多久，楊茵茵就感到通體活絡舒暢起來，心跳加快，精神亢奮。

「嗯……孺子可教也！」

程天群讚賞地看著楊茵茵，酒醉的聲音聽來怪腔怪調。忽然之間，兩人的距離大幅拉近，酒精輕易卸下了彼此層層的顧忌、武裝；在一口接一口之間，兩個酒徒一起唱作笑鬧，真誠又自然！

「喂，天群，我問你！」楊茵茵楞楞發問，口齒已有些模糊不清。「你們男人是不是都喜歡藉酒澆愁，當作逃避的藉口？」

「不一定吧……」程天群咕噥著，聲音只在喉嚨打轉。楊茵茵不理會他，兀自繼續自己的話題。

「像我爸爸！我生病以後，就幾乎每天晚上都拿應酬當藉口，喝得醉醺醺的。呸！懦夫！不負責任的臭男人！」

楊茵茵惡狠狠地舉起酒瓶猛灌一口！

「拋下我和媽媽，離婚後沒多久就另結新歡……哼！沒心肝的人，我恨他！

恨他！恨死他了——」楊茵茵恨的使勁捶打地板。

「喂！天群，你到底有沒有在聽我講話？」楊茵茵兇巴巴問道。

「有啊！」程天群爬近前來，挨在楊茵茵身邊。「妳說妳生病了，妳爸爸拋棄背叛妳了，妳恨妳爸爸，對不對！」程天群邊說邊把頭晃來晃去，一副樂不可支貌。

楊茵茵不置可否地瞪他一眼，繼續悶悶喝酒。程天群卻湊過臉來，研究性的上下打量茵茵。

「你幹嘛？」楊茵茵沒好氣的問道。

「我在想，妳可能不是恨妳爸爸。」早已喝得滿面通紅的程天群，鐵口直斷般劈頭撂話。「依我看哪，妳根本就是不滿意妳自己！妳恨妳自己！」

「放屁！」

楊茵茵輕蔑地別過臉去，內心卻被鞭子抽了一下！

「真的！真的：我從前在學校念心理學好像有讀到……嗯，」程天群不放棄的跟著楊茵茵歪過臉去，又和她雙眼兜個正著。「這叫什麼來著？啊！反正，妳嫌棄自己的身體，覺得被自己背叛了。對！可是妳潛意識裡為了保護自己，就把這份恨意轉嫁到妳爸爸身上！就是啦……妳有多不滿意自己的身體，妳就會多恨自己的爸爸！沒錯！」

「放屁！放屁！狗屁不通！」

楊茵茵雙手捂耳、搖頭亂嚷，就憑天群昏亂不清的神智狀態，也能斷定他的話八成是醉話居多，不必深信！可是……為什麼，自己心中那道被鞭子抽開的口子，好像越裂越大了呢？

一陣暈眩襲來，楊茵茵坐在地上的身子不支倒下；半倚在她肩膀的程天群也隨之踉蹌仆伏，兩人滾作一團……程天群開心的哈哈大笑，嘴巴冒出的酒氣薰得近在眉睫的楊茵茵睜不開眼。喝過酒的楊茵茵，面頰飛著兩朵紅雲，看來嬌豔欲滴，令人意盪神馳。

「茵茵……妳好美啊！」

程天群目瞪口呆的直直盯著茵茵，忍不住伸手輕撫她的桃腮。

「我第一次見到妳，就覺得妳長得好美……可惜的是，妳不愛笑。」

程天群的手下滑到茵茵豐滿雙唇，手指來回在唇峰上慢慢劃過。楊茵茵被動凝視天群發亮的眼睛，不自在的想掙脫天群壓在身際的重量與熱意，可偏就是通體酸軟，提不起半點力氣。

「妳不笑，因為妳是個寂寞的人……」

楊茵茵眼看程天群的臉越湊越近，一反平日斯文之貌，不禁感到意亂情迷，有些心跳加速，冷汗從髮際涔涔流下……

「茵茵，我現在也是個寂寞的人！我們兩個寂寞鬼，剛好靠在一起互相取暖安慰——」

程天群忘情地托起茵茵下巴，面對佳人盈盈欲語的流轉眼波，忍不住低頭深深吻了下去……剎那間，楊茵茵只覺心臟逼到了喉嚨口，全身緊張地縮成一團！體內每個細胞卻都又矛盾的飄飄然、陶陶然，不知自己身在何處！但……片刻之後，一些討厭的小東西似乎竄進腦裡，讓自己漸漸清醒過來。她試圖推開天群緊貼自己的沉沉身軀，閃避開對方嘴唇飢渴的需索。

「天群……不行！我們不能這樣——」

楊茵茵低嚷叫著。但，程天群猶依依不捨這短暫的歡愉放縱——楊茵茵看著程天群的面目模糊，想起了爸爸的陳年往事……體內一陣惡心翻湧，她猛然一把推開程天群，揚起手，一記清脆的巴掌如鞭揮出——

「啪！」

程天群錯愕不已，看來似乎清醒了。楊茵茵虛軟地癱在地上，腦中忽然靈光一閃——渾身無力、心跳加快、直冒冷汗、惡心不適……這一切的一切只有一個答案！可是，已經太遲了。她想張口，卻再也吐不出一字一句。求助地瞥了天群一眼，楊茵茵隨即昏死過去。

13

「張醫師，我們小姐不要緊吧？怎麼會這樣呢？」

顧媽抓住張醫師問個不停，焦灼地望著躺在急診處病床上的茵茵。江嘉陵和程天群也擔心地站在一旁，等待昏迷的茵茵醒轉過來。

「唉，茵茵從不沾酒的，怎麼會喝那麼多酒呢？」張醫師詢問似的看看顧媽，顧媽和江嘉陵則一齊望向程天群。只見程天群的臉青紅不定，身上猶有未散酒氣。

「酒精和胰島素都會抑制葡萄糖新生作用。茵茵在晚餐前注射了胰島素，晚餐後又喝了大量的酒。更糟的是，又忘了吃睡前的點心，所以才會血糖過低昏迷過去！」

張醫師叮嚀顧媽：

「茵茵現在沒事了，待會兒就會醒來。不過她還不能回家，得繼續留在這兒觀察一天才行。」

「好，好的……」顧媽囁嚅應聲，似乎還有話想講，又不知如何啟口。「張醫師，那我們小姐——」

「哦，妳放心好了！」張醫師職業性的敏感會意過來。「低血糖性昏迷要持續幾個小時才會造成腦部永久性的傷害。茵茵昏迷後就立刻送醫，不會有任何後遺症的。」張醫師說畢又沉吟皺眉。「幸好……這次茵茵昏迷有旁人在場，要不然的話，後果真是不堪設想！」

程天群和江嘉陵聞言都是心頭一凜。程天群隨即掩不住尷尬神情，江嘉陵則有些不是滋味地挪遠幾步，和自己丈夫保持冷淡的距離。就在此時，躺在床上蒼白如紙的茵茵面容，開始有肌肉細微的牽動變化，牢牢吸住在場四人所有的注意——茵茵眼皮慢慢張開，她醒了！但，漂亮的雙目不再燦若明星，而是暗淡的、無神的，令熟識她的人都心痛難受不已。

「茵茵，妳覺得怎樣？有沒有什麼地方不舒服？」

顧媽撲到床邊，焦急的連聲詢問。但茵茵只是虛弱地搖了搖頭，沒有開口。江嘉陵也走上前來，才喊了一聲「茵茵」就不覺哽咽難言。在自己印象裡，茵茵一向是那麼強、那麼出色！自己有點無法接受眼前突兀巨大的轉變。床上的茵茵，看來就像個薄薄的小紙人，似乎脆弱的用手一戳就能凹出個窟窿一樣！

「對不起，茵茵，」江嘉陵怯怯的，語音透著慚愧。「天群不該讓妳喝那麼多酒的！」

楊茵茵勉力笑了笑，氣若游絲。

「是我自己要喝的，妳別怪天群。」

本來滿心歉疚的程天群，此時卻陡生不快——江杰流血，嘉陵心疼江杰怪我野蠻！茵茵昏倒，嘉陵也心疼茵茵怪我莽撞！反正，嘉陵她誰都心疼，就是不心疼重視自己！我在她心裡到底還有沒有一點分量！

「我和茵茵在一起喝得很愉快！」

程天群插進話來，聲量不大卻爆炸性十足。

「想必同一時間，妳和江杰也相處得很『愉快』才對吧……」程天群挑戰似的直視江嘉陵。「嘉陵，我們真是『各得其所』啊！妳說是不是？」

江嘉陵一霎間氣白了臉，半晌說不出話。楊茵茵在床上急的抬手亂搖，看得顧媽是不住口地嚷個不停：

「小姐！小姐！妳才剛醒，別激動啊！」

看見嘉陵臉色大變，總算被自己刺激得有所反應，程天群感到一陣快意與奮。他正想再開口補上幾句，卻被嘉陵中途截住！

「茵茵，妳放心，我不會聽信天群胡說的！」江嘉陵眼中流露的輕蔑意味深深刺傷程天群的自尊。「更何況，我和江杰之間清清白白的，你離開不久江杰就走了，我真不懂你為什麼要把人家想得那麼骯髒！」江嘉陵提高分貝，程天群也不甘示弱。

「哼！他清高，我骯髒？江杰演那場你儂我儂戲，就是專程演給我看的！我一離開，他沒觀眾了，自然走人！」

「程天群，你講不講道理啊！人是你推傷的，難道我們眼看他血流滿面也袖手不管哪！」

「先生、太太，拜託——」張醫師一副苦瓜臉。「這裡是醫院，病人需要安靜休息，你們不要這樣！」

已經吵紅臉的程天群和江嘉陵，根本不理張醫師的婉言勸告，繼續針鋒相對。原本人來人往的急診處倒突然安靜下來，橫躺四周的病患紛紛好奇掙扎起身，以便能把這對夫妻吵架全貌看得更為清楚。

「對，我是不講道理！那……難道江杰就講道理啦！」

程天群憤恨難消，低沉洪亮的男中音陡然拔高八度。

「光天化日之下闖進我家，要我把自己的太太還給他！還大言不慚地說你們早已誓言共度白首！說我只是個感情的替代品而已！哈——簡直荒謬至極！我怎麼也沒見妳罵他一頓，訓他不講道理！」

江嘉陵聞言氣結，原本就刺耳的女高音也往上爬了八度。

「程天群，你無聊！你醉了，渾身酒味，腦筋裡根本就是一團漿糊——」江嘉陵還想張口再罵，忽然傳來顧媽的厲聲大叫：

「小姐！茵茵，醒醒哪！張醫師，茵茵又昏過去了！」

楊茵茵感到自己跌入一潭深水之中，眼前白花花的，模糊不清。所有病痛、不適都消逝無蹤，輕鬆無比。四周靜止無聲，只有水面上投射下一束光亮，還有男女尖銳高亢的對話聲響……一定是嘉陵和天群在吵架！楊茵茵覺得很難過：自己一直不想介入的，沒料到最後還是因為自己才挑起他們的爭執！楊茵茵奮力擺動手腳想游上去——自己一定要向嘉陵解釋清楚才行！

電光石火間，她一下子衝破水面，眼前大放光明——嘉陵和天群不見了！她只看到爸媽站在自己的病床邊，時間彷彿倒流近二十年……爸媽那年輕姣好的容顏，楊茵茵感到既熟悉又陌生。

「若容，再給我一次機會！」年輕時的爸爸溫文瀟灑，此刻五官卻憂鬱地緊縮起來。「我們重新開始好嗎？」

媽媽冷然不為所動，櫻桃小嘴抿得發白——太多的傷害、太多的等待，早已讓自己死心麻木了！自己絕不能再心軟，陷入又一場痛苦的輪迴。

「若容，打消妳離婚的念頭好嗎？我知道，自從茵茵發病以後，自己就不敢面對現實，行為荒唐，讓妳很失望……」爸爸繼續苦苦哀求。「我保證，以後絕對不會再這樣了！我們一定可以和從前一樣，快快樂樂地過日子！」

「和從前一樣……」若容低低念著。她想起從前一家三口親密和諧的種種景象。但，好像已經很遙遠了……如今，茵茵病了，自己也對婚姻灰心徬徨，一切都變得不一樣了！

「那……你的家人怎麼辦呢？」媽媽平靜問道。

「他們？」爸爸微微一愣，囁嚅說道：「若容，這妳不用擔心，我會處理好的。」

媽媽聞言無奈一笑。自己的丈夫，經過這些年戀愛、婚姻的兩人相處，自己對他是再清楚不過了！他處理公事乾脆俐落，處理私事卻總是猶豫不決、拖泥帶水，希望面面俱到、皆大歡喜！他為什麼還看不明白，他的家人希望他兒女成群，跟自己不願再懷孕生子是劇烈的、永遠的衝突！天知道，讓心愛的茵茵遺傳自己家族的病症，對若容而言已是無止境的悔恨與自責。不管遺傳的機率多小、多少，自己都絕不可能冒著危險再製造另一個悲劇！

「以往的事實證明，你處理不好的！」媽媽態度堅定。「我們已經吵吵和和好多次，大家都累了……長痛不如短痛，我們還是好聚好散了吧！」

爸爸聞言神情激動，緊緊抓住媽媽不放！

「若容，妳不能這麼對我！妳不能這麼殘忍呵！」爸爸眼角滾出淚珠。「我知道，自己是個失敗的丈夫，妳怨我、怪我都是應該的！我會改，這些我都會改的！請妳不要離開我，我愛妳啊——」

聽見丈夫真情的表白，看見他眼中充溢的瑩然淚光，媽媽幾乎心軟了，抿得發白的小嘴略略鬆開。剎那間，爸爸把媽媽一把拉進懷裡，迅速吻了下去。若容吃了一驚！隨即連綿而來的唇齒廝磨，把丈夫臉上溫熱的眼淚，徐徐擦磨到自己的臉頰，把自己的眼淚也逼了出來！她感到對方的嘴唇一直緊張的輕輕顫抖。那已混在一起，分不清是誰的淚水，就這樣沿著雙方交纏的嘴唇流進自己的喉管，再慢慢滲進血液，刻骨蝕心，幾乎令自己沉醉迷失了……

可惜的是，自己腦海深處仍殘留一絲清明意志——不行的，這行不通的……柔腸百轉之下，若容試著推開丈夫，力道微弱卻又堅定。但，對方就像溺水的人緊抓繩索一般，緊抓住最後的一線希望，絕望地擁抱自己，用盡全身所有能量來留住妻子，似乎要狠狠嵌進自己肉裡方始心安！

推又推不開，叫也叫不出來……這溫暖情深的懷抱，自己原也捨不得離開的！可是……縱有百般不願無奈，她終究是狠下心腸，牙齒使勁咬下，一股腥氣隨即衝進鼻腔——丈夫終於吃痛鬆手了！若容掙出他的懷抱，雙方嘴唇都已沾著鮮血。

「妳……」爸爸不敢置信地看著媽媽，媽媽轉頭望向窗外，頰邊猶然沾著一行晶亮淚痕，眼神流離變幻不定。

「我們……還是離婚吧！」

媽媽一字一句吐得清晰。爸爸好像突然明白什麼了，深深地看了媽媽一眼，無言轉身，走出病房，離開茵茵，離開過去。媽媽始終佇立床邊一動不動，如石膏雕像；臉色好白，白的像雪，只有嘴角緩緩流下刺目的鮮血——

楊茵茵倏地醒來，周身冷汗淋漓！她看見眼前顧媽慈祥的臉孔驚喜大叫：

「小姐，妳醒啦！我去通知醫生去！」

楊茵茵慌的一把扯住顧媽的手，不許她走——自己剛剛昏過去？做夢了？夢裡情境那麼的真實，猶令楊茵茵恍惚不安。小時發病初期，使性子不按時打針，因而昏迷送進醫院有如家常便飯。昏迷中的自己，怎麼可能知道爸媽談話的內容？但她記起從前一直反覆做過類似的夢，還記起有回自己許願要天上的星星……所有的事兒在一起，鮮明完整的輪廓似已呼之欲出！長大後的自己，只記得小茵茵在病房裡吵著要天上的星星，其餘的全記不清了。或許，自己從來不曾遺忘，只是刻意壓抑，不去回想憶起這段過去？

「茵茵，別孩子氣了，快點放手啊！」顧媽又再喊道。

楊茵茵一聽之下，反而把顧媽的手拽得更緊——是這樣子的嗎？爸爸他當初沒有拋棄自己，拋棄多病的自己？回想夢中爸爸軟弱慌張的神情，楊茵茵內心感覺很奇異。恨了爸爸這麼多年，她忽然覺得自己有生以來第一次，竟然有一點兒了解爸爸了！啣著金湯匙出世的爸爸，從小就一帆風順、步步高升。驀地裡，在人生路上重重跌一跟頭，生下患有不治病症的女兒，再面對美滿婚姻的迅速破滅……這麼些年，他是怎麼走過來的？他心裡到底在想什麼？自己好像從來沒有想過這些問題，只顧恨的無暇想到其它事情！而現在，無數疑問困惑盡皆排山倒海向自己而來……

楊茵茵眼神越過顧媽，環顧四周，忽然有種很寂寞的感覺，有種說不出的渴望——盼望爸爸此時會在這裡突然出現，就像小時候那樣慈愛地凝視自己，再用自己曾經熟悉的聲音輕輕呼喚——茵茵，爸爸來看妳了！

「茵茵，妳在找誰啊？」

顧媽看見茵茵若有所待的眼神，不解問道。

「啊，對了，妳一定是在找嘉陵和她先生！張醫師已經請他們先回去了，免得他們在這裡一言不合又吵起來，會影響到其它病人的安寧。」

「嗯……」楊茵茵囁嚅半晌，終究沒把心底話說出口來。

「好小姐，現在妳可以讓我走了吧？」顧媽急切問道。

楊茵茵聞言怔怔鬆手，顧媽趕忙抽身去找醫師。現在已是深更半夜，急診處裡一片靜寂，病人和陪伴的家屬多已沉沉睡去。青白慘澹的日光燈下，只有醫護人員悄然來去。突然，急診處的一角，傳來嚶嚶的壓抑低泣，在靜夜裡聽來格外令人懸心。低泣聲越來越響，漸漸轉成尖銳淒厲的嘶嚎！大家心照不宣何事發生，卻都假裝繼續沉睡。

楊茵茵心一動，隨即翻身坐起。就在自己的左邊遠處，她看見醫護人員和悲痛的家屬，正簇擁著一個病床慢慢推之離去；她就這樣注視良久，直到他們消失在長廊盡頭……楊茵茵感到，自己的心也隨之緩緩滑去——她頓悟了！是的……當自己不再害怕死亡時，她發現到，死亡也不再能箝制自己心靈自由的飛翔！

14

江嘉陵慢慢走在娘家門前的長巷。頭頂的天空藍的出奇，似乎升得又高又遠，看去已經很有點秋天的況味。

紅著眼眶的她，腳步沉重。想起自己的落寞瞞不過父母的眼睛，在追問之下自己抖著心吐露的實情，竟換來翻天覆地的一場大亂——

「丟臉！真是丟臉！」父親啞著嗓子。「我怎麼會養出這種女兒！妳走，妳給我走！妳以後再也不許踏入這家門一步！」

父親把几上報紙狠狠朝自己甩來！漫天報紙飛舞中，江嘉陵猶聽見母親歇斯底里的尖叫——

「天啊！嘉陵，妳怎麼能這樣！妳怎麼可以這樣！」

小妹呆若木雞地楞在一旁，顯然是一時之間被這番陣仗嚇住了！江嘉陵狼狽不堪的匆匆逃離家門，不是源於驚嚇，更不是源於父母口中的羞恥，而是深刻的無助與絕望。

回到自己的公寓，這已不再是一個溫暖的家，而是一座冷氣森森的冰窖！長時期夫妻之間的口角爭執、互相傷害，已讓家中一景一物的線條、輪廓都逐漸模糊陌生起來。江嘉陵窩在客廳地上一隅的角落，把混沌不清的頭腦緊緊揪在弓起的雙膝之間，強迫自己一遍又一遍的努力思索——江嘉陵，妳究竟是犯了什麼滔天大錯，竟讓自己的父母都如此不齒、鄙夷？

陽光漸漸西斜，長長的光線射過落地窗溶在地上，氣溫隨著夜晚逼進而逐漸下降。江嘉陵仍蜷著身子，固執守住心口的最後一點暖意，抗拒在冰窖裡被活活凍斃的命運！一絲意念飄游不定，淒淒然、戚戚然——娘家是再也回不去了……茵茵呢？江嘉陵憶起電話中顧媽猶豫的聲音：

「茵茵？哦，她已經出院回家了。嗯，她不在，去美國了！」顧媽聲音漸漸遙遠不清……

「茵茵對你們夫妻因為她吵架的事很抱歉。嘉陵，現在都沒事了吧？」

都沒事了……江嘉陵腦中反響著自己虛弱又虛偽的回答。的確，對於有一個瘋狂搶著出差應酬，視回家為畏途，成天見不到人影的先生而言，這家中是平靜多了！至少，再也沒有騷擾鄰居的高聲爭吵，只有日日不變的沉寂窒悶。可悲的是，自己竟毫無選擇餘地；因為，她逃不出去！天地之大，彷彿已無自己容身之處。她只能認命地待在這灰色的大冰窖裡，苦苦守著一室似乎將要發生什麼，卻總是無事發生的不安靜默，令自己神經緊繃，片刻也無法鬆懈下來！

恍惚間，她聽見大門開啟的聲音——是天群？不太可能……是別人嗎？會是誰呢？自己生命中的人們，此刻都已抽身遠去。她驀地打了個寒噤——是賊？算了……她甚至懶的抬頭張望一番。反正，自己已一無所有了！一個曾經熟悉的聲音，此時在耳邊響起：

「嘉陵，妳怎麼不鎖門呢？」

江嘉陵倏地抬頭——是江杰！心中堆積發酵的沉鬱、委屈、憤怒、不平霎時通通升起，她想對眼前的男子破口大罵，甚至拳打腳踢——都是你！全都是因為你！江杰，你為什麼要對我這樣！

但，自己一切的衝動、怨怒，都被江杰那雙柔情的、了解的目光阻住了——

「嘉陵，跟我走吧！這裡還有什麼值得妳留戀的呢？」

江嘉陵茫然無語。江杰話中的溫柔、了解是自己睽違已久的東西，江嘉陵脆弱的心開始支撐不住地顫抖起來。

「嘉陵，妳還記不記得，」江杰溫熱的面頰貼上江嘉陵憔悴無神的臉，他眼睛還閃爍著熱烈、神往的光芒。「我們還有好多共同的夢想，等著我們兩人一起去完成呢！」

江嘉陵聞言，開始遏抑不住地哭泣起來，成串豆大淚珠源源冒出；如沙漠裡一口乾涸經年的枯井，忽然奇蹟似的湧出甘泉——天黑了……一片黑暗中，江嘉陵忘情地抓住江杰，像行將滅頂的人，緊緊扯著岸邊的蘆葦，不肯鬆手！哭得傷心欲絕，一直哭到喉堵腸塞為止，盡情宣洩所有情緒。

大門再度關閉……女主人已隨他人離去，男主人則尚未歸來。冰窖裡終於空無一人，只是凍著曾有的回憶。

15

「江杰，你的信！」

客廳有如爆炸現場，到處散落江杰亂丟的東西，江嘉陵正費力地彎腰整理。

「咦，信是從非洲來的？」江嘉陵奇怪問道。

江杰聞言快步走來，興奮地拆信閱讀，臉上綻放燦爛的笑容。

「嘉陵，那所南非學校接受我的入學申請了！也答應給我獎學金！」江杰喜悅之情溢於言表。「到時我帶著妳一起去南非，我們的夢想終於實現了！」

江嘉陵一時還沒回過神來，只是楞楞看著眉飛色舞的江杰。

「江杰，你什麼時候提出入學申請的？怎麼我都不知道？」

「進公司一段時間之後我就悄悄在辦了，那時也是抱著姑且試一試的心理，反正沒獎學金我是去不成的！後來一連串發生了很多事情……」江杰語氣一頓，江嘉陵也心頭一突。「自己一直心情很亂，都根本忘了這件事了！」

「這時候收到回音真是太好了，所有事情剛好都很完美！只有一樣……」

江杰說畢注視著江嘉陵。江嘉陵了然江杰未出口的心意，卻只是神經質地撥弄手邊已整理好的東西。

「陵，妳和他的事，應該趕快辦一辦了吧！」

江嘉陵惶然掃了江杰一眼——她最怕的就是這個要求！搬來和江杰同住已經一個多月了，心情卻仍處於兵荒馬亂之中……從別人口中，她知道自己做了件多麼大膽的事！但，自己待要細細追索整個歷程的蛛絲馬跡，卻只能抓住些零星枝節，理解不出自己最後為何會演變至此？有時，她會想起天群，掛念著他能不能、會不會照顧他自己？可天群毫無訊息傳來，她也不敢主動探問，更不敢回家勇敢地面對天群！愧疚、罪惡感深深抓住自己每一根神經，而江杰竟要這樣的自己明明白白的和天群談離婚？

看見嘉陵的猶豫模樣，江杰乾脆俐落的劈頭一句：

「妳不方便的話，我和他談好了！」

「不行，你不准去！」

江嘉陵突如其來的聲色俱厲，把江杰和她自己都嚇了一跳！

「嗯……我是說，再等一段日子看看，順其自然吧。」江嘉陵緩和著口氣，希望讓江杰好過一些。「整件事情天群也受傷很深，我們總得讓他過一段時間恢復過來，你說是不是？」

江杰悶悶不語，嫻熟地點燃香煙；一吸一吐，煙霧迅即瀰漫兩人之間。隔著煙霧，江杰原本深刻的輪廓柔和模糊了，變得很陌生——這是同居以來，江嘉陵對江杰常有的感覺。畢竟，隔了幾年的人事滄桑，他們是再也回不去從前那種親密無間的日子了。

「江杰，你煙抽得太兇了！你以前是不抽煙的。」

「對，我從前沒抽煙。」江杰看著煙蒂在手指間寸寸燃盡，若有所思。「我是自從當兵後才學會抽的。」

「煙讓我的心臟『噗噗噗』跳得更快，好像證明自己還存在似的！」

江杰一笑，把煙頭隨手捻熄，張臂抱住聞言發怔的江嘉陵。

「不過……現在妳回來了！我再也不需要這個東西了！」

「我們要結婚，一起去非洲！去撒哈拉沙漠漫遊，去各地國家公園探險！晚上我們住在公園裡的旅館，一早就會被窗外驚天動地的犀牛成群奔跑聲嚇醒！」江杰講到這兒眼睛發亮，語調也閃著晶光。「等到我學成歸國時，我們說不定已經有好幾個小孩了呢！」

江嘉陵在一旁勉強陪著笑容——她現在才感到，這從來就只是江杰的夢，而不是自己的夢！就如此刻自己被動地縮在江杰懷裡，心中沒有喜悅，只有無奈與窒悶，就像江杰的愛情一樣。

假日，是令人討厭的！

程天群怔怔想著：假日，有太多的空閒時間，可以讓人胡思亂想，攪亂好不容易平靜無波的心湖。

程天群解開領口下的鈕扣，想讓呼吸順暢一些。他那斯文的臉孔，不知何時已添上數道愁苦的摺痕。青青的鬍渣、發黑的眼袋，再再流露出一股頹廢的氣息。

假日，也是有好處的！

至少，自己不必再難堪面對公司裡句句聲聲「老婆跟別人跑了」的蜚短流長，卸下沉重的面具，獨享片刻個人的清靜時光。江杰對於謠諑漫天倒是毫不介懷，依舊自在度日！反而是自己，應當是理直氣壯的，卻綁手綁腳，處處揮灑不開！程天群發覺自己就是敗在這一點上，才由得江杰製造輿論，一路牽著自己鼻子、心情走，弄得自己的婚姻每下愈況，終至不可收拾！

他緩緩起身，瀏覽屋內的一景一物，每件都沾滿嘉陵的手澤與氣息，抽得心一下接一下痛個不停……但，他不想再逃避了！從前，該面對時，自己總是逃避！該清醒時，自己總是醉著！如今演變至此，真是夫復何言。

嘉陵離家後，他頓覺自己生活失了重心、節奏，一切都陷入紊亂，老是憶著嘉陵的點點滴滴——她的溫柔、體貼、俏皮、善解人意，總把自己照顧得無微不至……可是，他想不透，為什麼嘉陵竟能決絕至此，居然會不告而別，投入另一個男人的懷抱！這是自己始終耿耿於心，不能原諒妻子的痛處！

程天群瞥見靜置屋角的柏樹，一半的針葉都已枯黃憔悴了，令人怵目驚心！他還記得，這株柏樹也曾經翠綠鮮活，撐著一個叮叮噹噹的美麗耶誕回憶……嘉陵在時，總是三不五時，就把它費力地搬去陽台曬曬太陽，免得葉子都萎掉散落了——

「天群，只要好好照顧它，以後我們每年耶誕節都有一株活生生的耶誕樹了！」

程天群耳旁驀地響起嘉陵當時得意認真的聲音，心底一震，不禁淚下——他想起那時自己在樹下尋找禮物的焦頭爛額狀，想起自己忍心拒絕嘉陵想做媽媽的熱切心願……剎那間，自己對嘉陵的愧疚、悔恨、甜蜜、心痛、怨懟一齊撲面襲來，天旋地轉的讓他險些站不住腳！

「嘉陵，妳現在在做什麼？到底在想些什麼呢？」

程天群傷感的無言自問，沒人回答。這些日子以來，他只是任由事情這樣拖著，抱著自己撲朔複雜的心情，靜靜地守在原點，像隻負傷藏身洞穴的獸——深吸口氣，抹去臉上鹹鹹的東西，程天群決定要步入陽光，好好振作起來做點事情！

費力一把搬起柏樹，送它站上陽台，看看這久違了的花花世界，也重新恢復自己的翠綠原貌！程天群就這樣陪著柏樹、陪著回憶，靜靜曬著午後的溫煦陽光。

他發現了，有時，沉默的等待，竟也是一種溫柔的心痛。

16

「理察，上個禮拜的高層會議，已經確定要派人長駐大陸的提案。」企劃部經理和程天群單獨商談。昨晚又是整夜輾轉難眠的程天群，努力撐出精神抖擻的樣子。

「這個案子拖了很久，因為公司人員對去大陸長住的意願都很低落。」企劃部經理一副頭痛表情。「理察，對這個提案，你有什麼看法？」

「嗯……」程天群快速思索了一下。「這項提議其實是大勢所趨，將來非走不可的方向。大陸市場已被我們開發得越來越大，重要性相對迅速提升。雖然現在還是由台灣分公司管轄大陸地區，可是將來有一天大陸地區一定會設分公司，說不定那時台灣地區還會解散分公司歸大陸管呢！」

說到這兒，程天群和經理兩人不禁相視而笑。

「所以近程來說，我們這兒得派人控制大陸方面的情況，不能任由大陸業務單位自個兒悶著頭幹。遠程來說，大陸成立分公司一定是調派這兒的人力支援，所以我們必須儲備熟悉大陸業務的人員，長駐經驗是不可或缺的，這也符合美國總公司的利益考量。」

「是啊！」經理點點頭，似乎深有所感。「大家都知道擁有大陸經驗是將來升遷的有利跳板，可誰也不肯去大陸吃苦受罪。尤其是公司最希望他們去大陸的主管階層，個個都拖家帶眷，在台灣生活得舒舒服服的，誰肯去啊！」

程天群心念忽動，謹慎的緩緩開口：

「其實，這件事不妨步調放慢，可以先派公司的年輕新進人員赴大陸。一來他們沒有家累，阻力較小。二來這也算是公司對他們的栽培。將來他們都會升為公司的中堅幹部，身負大陸經驗對他們自己、對公司而言，都只有利無弊！」

一口氣說到這兒，程天群不禁心跳微快。雖然此項提議甚佳，但他畢竟是藏了一點私心，有些不敢直視經理贊許的目光。

「而且，主管階層眼看手下的年輕小夥子都去過大陸了，一定備感壓力，到時再說服他們長駐大陸就不會那麼困難了。」程天群瞄了經理一眼，泛起微笑。

「經理，可能幾年後你會搶著自願去大陸也說不定呢！」

經理聞言「哈哈」乾笑了兩聲，隨即盯住程天群，表情深沉。

「派年輕人員去大陸，這個構想高層也提出考慮過。理察，企劃部你人頭熟，對駐外人選有什麼建議嗎？」

經理彷彿別有所指的語意不甚入耳，程天群內心疑惑不定，亦不想讓經理看輕了自己。

「嗯……沒有，我對人選沒有什麼特別的想法。」

「哦……」經理頓了一下。「理察，你最近好像健康狀況不太好，精神不佳，得好好休養才行。公司，尤其是企劃部，簡直是少不了你！我看這個禮拜你就休假在家好好放鬆一下，反正你積的年假也實在是不少了！」

「謝謝經理，我……」程天群本想婉拒的，但轉念之間又接受了。嗯，最近是多事之秋，休息一下也好，自己實在是也心力交瘁了。

休假過後重新上班，程天群發現經過整個禮拜的約談溝通，公司派員長駐大陸的名單已確定了，江杰赫然列名其中！瞪著布告欄的人事命令，程天群有絲異樣的不自在感，好像這件事情是自己暗中促成一般。自己沒有預期的歡愉快意，不過總算心中大石定定落地，全身都輕鬆不少！

捱到下班時分，又得回到那空無一人的家。跨出公司等待電梯下樓，電梯門前已站滿互相寒暄的同事，江杰也悄悄地來了——程天群驚詫發現：大家都不自覺地站離自己和江杰數步之遙，識趣地沉默下來。自己和江杰被一道無人的尷尬光圈圍在中央，被迫做拙劣的舞台表演——

「嗯……杰夫，中秋節後就要去大陸啦？」

程天群清清喉嚨，以學長姿態的關心口吻打開僵局。

「大陸人很精的，你得多加小心才行！」

「是啊！」江杰合作的互唱雙簧。「聽說我們公司大陸的業務員，因為出差時送洗衣物可以報公帳開銷，就連家裡的棉被也抱去洗了！」

眾人聞言響起一片會心笑聲。此時電梯門倏然開啟，梯中人群一擁而出，吸走所有梯外人群的注意，只待梯中人一走空便要魚貫而入。江杰乘機湊近程天群，低聲開言：

「在我去大陸之前，你和嘉陵可以碰面談談，把事情理個結果出來嗎？」

程天群迅速會意，背脊突然因驕傲與屈辱僵硬起來！

「嘉陵想和我談的話，她會讓我知道的！」

停了數秒，程天群拋給江杰一個複雜眼神。

「江杰，我可憐你！你的愛始終只停留在小孩搶玩具的階段而已。」

江杰聞言霎時一楞，腦袋被震得發麻，只眼看著程天群繼眾人之後步入電梯！待他反應過來時，梯門正好在面前倏然關閉，他已錯過了那班電梯。

江嘉陵提著菜籃走在回家路上，渾身倦怠無力。繞了菜市場一圈，籃中菜沒裝幾樣，倒被魚販肉攤的氣味腥的乾嘔了好幾回！江嘉陵心知有異，一邊走著，一邊默算日子。自己的生理期本就很不規則，算來算去，內心只有越來越茫然沉重……舉頭惶惶前望，竟看見江杰公寓下正站著一個自己熟悉的人影！她急忙上前招呼，心情怯怯——

「小妹……妳怎麼來了？」

小妹眼圈紅了，江嘉陵也和她一樣激動。

「我和爸媽吵翻了！」小妹倔強地咬咬嘴唇。「自從妳走了以後，爸媽就成天唉聲嘆氣，咒罵家門不幸。今天早飯桌上我再也忍不下去啦！我說爸媽不公平，腦袋裡淨裝些女子要三貞九烈的舊思想！要是哥哥也搞外遇，我才不信你們會這麼深惡痛絕咧！」

「結果爸一聽之下，氣的把一碗稀飯都砸在地上，追著我要打！幸好我年輕跑得快，他追不上！」

小妹頑皮地吐吐舌頭，笑容裡閃著淚光。

「我還邊跑邊說：當初姊回來向你們求助的時候，你們狠心趕她出門！現在她走頭無路跟了別人，就都是你們逼的！爸聽了氣個半死，在我身後大吼大叫：『妳有膽就永遠不要給我回來！』」

江嘉陵怔怔凝視高她半個頭的妹妹。她現在才發現：自從小妹專科畢業考上插大後，似乎也變成個小大人了；不再像從前老是瘋的不見人影，臉上彷彿多了些沉靜的氣息。

「不過姊妳放心啦！我是不會把爸的話當真，一定會回家的！」小妹玩笑的表情收斂了，語氣轉為認真。「姊，其實爸媽一直都掛念著妳，要不然也不會每天都愁眉苦臉的了。他們是在擔心妳！只要妳想回家，我們隨時都歡迎妳的！」

江嘉陵心頭一熱，忍不住伸出手去緊緊握住妹妹的手。她深吸口氣，穩定住自己跳動的情緒。

「妹……前些日子我不連絡你們，並不是埋怨爸媽，」江嘉陵語調哽咽。「我只是……很慚愧，自己都這麼大了，還讓爸媽這麼操心憂慮！等過些日子，大家心情都平靜多了，我會回去看望爸媽的！」

江嘉陵說畢，深深看了妹妹一眼。

「謝謝妳來看我！對我來說，這真的是意義重大，我……」

「自己人不用客氣啦！」小妹有些害羞了。「姊，妳要好好保重！」

臨別之前，小妹向江嘉陵眨眨眼睛。

「這裡的地址我是打電話問姊夫要的！我聽得出來，姊夫他還是很關心妳的。」小妹說畢神祕一笑。「姊，苦海無邊，回頭是岸哪！」

撂下話後，小妹就轉身輕快走了，留下江嘉陵獨自佇立良久，品味她話中隱含的黑色幽默。

17

慘白的醫院長廊，楊茵茵一身淺粉衣裙慢慢走著，裙擺浮印飄盪串串碎花。沿路跟隨腳步數著自己的心跳，她在一扇門前停住了！

敲門進去，爸爸就躺在那兒；臉頰被折騰得瘦削下去，眼睛卻被女兒點亮起來！

「茵茵，妳來啦！」

楊父聲音虛弱，帶著喜不自勝的微微顫抖。本來杵在門口的楊茵茵有些尷尬地移近身去，把手上的水果一股腦放在桌上。

「嗯，我接到電話通知就來了。你……你還好吧？」楊茵茵終於遲疑開口了。

「沒什麼，」楊父指著床邊的椅子，示意茵茵坐下。「胃出血而已，平常談生意酒喝多了。真的沒什麼事，我本來叫人別通知妳的。」

「哦。」

楊茵茵漫應一聲。自己已經很久沒有這樣近距離地看著父親，這才發現他臉上冒出許多深刻的皺紋，和記憶中不大一樣了——爸爸也老了，憔悴衰弱，一個人孤獨躺在豪華的頭等病房，身邊半個人也沒有……楊茵茵突然有股想哭的衝動。

「那……」楊茵茵眨了眨有些酸澀的眼睛。「怎麼沒看到，嗯……」楊茵茵停口思索適當的用辭，楊父會過意來。

「他們還在美國，我叫人別通知他們。反正小孩子們要上學，她要照顧小的也抽不開身回來。乾脆就別通知，省得他們擔心！」

「哦，是這樣子。」

楊茵茵點點頭，在椅上不自在地挪了挪位置。楊父仍舊是熱切地盯著她，片刻不離。

「茵茵，最近身體還好嗎？有沒有什麼不舒服的地方？」

「沒有，大致都控制得還不錯。」

她簡短回答之後，病房就陷入一片空白的沉默。楊茵茵起身離開椅子，楊父見狀竟掙扎著也想起來！

「茵茵，妳要走了嗎？」楊父聲音透出不捨的驚惶。

「沒有，我不走……」楊茵茵急忙坐回椅子。「我會留在這兒陪你的。你睡一會兒吧！」

「嗯，好。」楊父依順地閉上眼，縮在床上小小的一團。楊茵茵靜靜凝視著他，心中竟湧起一股寧靜的溫柔。

良久之後，楊父半睜開眼，卻並不看著茵茵。

「茵茵，爸爸對不起妳。」聲音不大，但很清晰。「其實，當初妳發病後的那段日子，我一直很害怕，我……」

「我知道。」楊父的話被茵茵輕輕打斷。「我都知道了，爸爸，那時……我也很害怕。」

楊父聞言心跳猛然悸動一下——多少年了…他終於聽見茵茵再叫自己一聲「爸爸」！捺不住的激動之餘，耳邊幽幽傳來茵茵的言語——

「爸爸，我們兩人和神和解了吧！」

霎時之間，他一句話也說不出來！輕顫地闔上眼，他嘴角浮起微笑；一顆淚珠，慢慢滑落腮際。

直等到幾個鐘頭後，父親的親戚來接手了，楊茵茵才離開病房。一跨出醫院大門，竟和搖搖晃晃的嘉陵擦身而過。楊茵茵大驚，想閃避已來不及了——

「茵茵！是妳！」

江嘉陵雙眼發光，臉上喜極的表情彷若遇難獲救。

「妳還在……妳還在台灣啊！太好了！」

楊茵茵聞言大窘。

「嗯…對不起，我騙妳自己出國了。我只是，我不想讓你們夫妻的關係因為我而更複雜而已。」

至今想起那晚自己和程天群在家中喝醉的情景，雖然模模糊糊的，楊茵茵仍舊心情亂糟糟！奇怪的是，雖然自己和天群有了進一步親密的接觸，但自己從前對他的思慕之心，反而好像煙消雲散了？只是……每一思及兩人以後還要碰面，仍然有些惴惴不安。不過，楊茵茵發現嘉陵看來蒼白無神，對自己剛才的話似乎根本聽而未聞的樣子。

「茵茵，我完蛋了！我剛去醫院檢查出來——我懷孕了！」江嘉陵突然叫道。

「懷孕？」楊茵茵楞了一下。「那…天群一定很高興吧？」

「天群……」江嘉陵茫茫然。「醫生說小孩大概有兩、三個月了，我不能確定這到底是天群的，還是江杰的孩子？」

「什麼？」楊茵茵聞言又驚又疑——這……這究竟是怎麼回事？

「哈哈！我從前日夜盼望想要做媽媽！現在真的有小孩了，我卻不知道誰才是他的爸爸？」江嘉陵激動起來。「茵茵，妳說，這是不是很可笑！天啊！我把一切都搞得一團糟！這一定是上天在懲罰我……我完蛋了！」

江嘉陵抓住楊茵茵歇斯底里的又哭又叫，路人都奇怪的側目而視，楊茵茵好不容易才把嘉陵拉到角落。

「嘉陵，妳鎮定下來，我先送妳回家！回家再說！」楊茵茵安撫說道。

「回家……回哪兒去？」江嘉陵淒然反問。「我已經哪兒也回不去了，再也回不去了……」

「這——」嘉陵反常的樣子讓楊茵茵不安起來——看來，自己消失的這幾個月，一定發生了很多事情……想到這兒，她不由得抱緊嘉陵，自己鼻子也酸了。

「嘉陵，妳還有我啊！記得嗎？」提高音調，楊茵茵試圖喚醒恍惚不定的好友。「走，我們這就回我家去！妳什麼也不用擔心了，我一定會幫妳的！」

18

陽明山的花園別墅，幾堵圍牆鎖住一院的草木蓊鬱。沿牆松柏修剪得高大氣派，綠草如茵中點綴著幽竹水塘，整體看來格局方正雅致。

楊茵茵偕同江嘉陵漫步自家院落。由背影看來，原本較楊茵茵豐腴許多的江嘉陵，似也瘦削了不少。飯後散步的運動療法是楊茵茵每日必備功課，十餘年來從不間斷。自從江嘉陵住進來後，楊茵茵散步時多了一個同伴，兩人談談說說的也頗不寂寞。日常作息當中，江嘉陵偶爾仍不免鬱鬱，掉入思緒漩渦裡失神良久；但較之剛來時總算已開朗許多，臉上添了幾分生氣。

「妳瞧，入秋了！」楊茵茵俯身拾起飄零落地的楓葉，青翠中夾雜斑斑緋紅。

「秋天……」和楊茵茵併肩的江嘉陵怔怔凝視天際浮雲。「每次提起秋天，我總會想起江杰。我和他是在秋天認識的，也是在秋天離別的，真巧……沒想到這次重逢，會搞成這種局面！」江嘉陵苦笑起來。

「不過，這一陣子我也靜靜想了很多事情。結果我發現：自己真的滿差勁的！」

江嘉陵目光向著茵茵，眼神卻好像穿過對方，落在遙遠的前方。

「我發現自己好像是隻習慣逃避的動物，一遇到困難總是反射性的用逃避來解決問題。從前，我和江杰感情觸礁的時候，就用天群來逃避自己的痛苦無助。現在，我和天群的婚姻遇到挫折，又用江杰來逃避自己的軟弱不定。」

江嘉陵微偏著頭輕笑，嚴肅表情在臉上融化了，眼角眉梢浮出點點溫柔情態。

「或許，江杰吸引我的就是這一點：他從不逃避，永遠努力的在追求什麼！總是追得那麼認真，那麼旁若無人！就像天群那麼沉穩、自信的人，也都被他搞得暈頭轉向、方寸大亂了！」

一口氣說到這兒，江嘉陵和楊茵茵不禁相顧莞爾。江嘉陵語氣彷彿是在談論別人閒事，和她自身毫不相關一般。

「那，」楊茵茵忍不住開口了。「嘉陵，妳對腹中小孩有什麼打算？想留下他嗎？」

面對茵茵的疑問，江嘉陵下意識地輕撫自己微微隆起的肚子。

「我也不知道……過幾天再看看吧！」

嘉陵猶豫不定的語氣令楊茵茵暗暗嘆氣著急。

「嘉陵，江杰來找過妳好幾次了，妳都不肯見他。妳真的不打算告訴他懷孕的事？」

江嘉陵緩緩搖了搖頭，神情堅定。

「那……天群呢？妳也不準備跟他說這件事？」

江嘉陵又搖了搖頭。楊茵茵一楞，正待開言，只見顧媽遠遠奔了過來。

「小姐、嘉陵，那個江杰他又來啦！」

顧媽趕得上氣不接下氣，臉上表情倒興奮的很。

「他說今天是來辭行的，非見到嘉陵不可！」

「辭行？」江嘉陵聞言心中一震！

「對啊，他是這麼說的！」顧媽點了點頭，眼裡浮現詭譎神色。「其實，那年輕人長得滿有型的，要是小孩是他的，應該會很漂亮才對！」

江嘉陵聞言面頰泛紅，楊茵茵連忙瞪了顧媽一眼！

「嘉陵，妳什麼都跟顧媽說啦！」楊茵茵有些哭笑不得。「我早告訴過妳別跟她說！她這個人最愛多管閒事，又常越幫越忙，唉！」

顧媽哼了一聲，氣嘟嘟地進屋去了。楊茵茵伸伸舌頭，只聽得嘉陵收斂起笑容，鄭重開言：

「茵茵，麻煩妳去請江杰進來吧，我想見他！」

穿過花園，一路草卉麗色江杰皆無心欣賞，上衣口袋中的那樣東西彷彿像鉛塊一般沉沉下墜，墜得他胸口悶的發疼！他只有不斷揣摩、演練著見到嘉陵後自己的表情、動作，藉以克制住腦海一片失序的慌亂……

見到嘉陵後，自己的第一句話該說些什麼呢？

「妳為什麼悄悄離開了，搬到楊家來？」

江杰搖搖頭，這是個言不由衷的開場白！自己和嘉陵之間不需要這種公式化的交待！那天，當自己回家後，屋子裡空盪盪的，只有一張嘉陵的紙條靜靜躺在桌上……他本來以為自己會憤怒、生氣、絕望；結果，什麼都沒有！這一切好像自己早就預料到了，完全能夠理解接受！

幾年前也是這樣，嘉陵片面留下寥寥數語，就此離開自己飄然遠去。那一次，自己陷入狂亂沮喪之中；這一次，自己卻很平靜坦然——或許，是因為自己那時正在服役，行動並不自由；而這次自己已恢復自由之身，和嘉陵之間不再有任何外在阻隔了？是的，一定就是這樣！現在自己可以努力爭取嘉陵回心轉意！江杰懷著口袋中那最後的希望，毅然決定要孤注一擲、堅持到底！

跨入大門，室外明亮光線迅速隱退，寬敞的客廳富麗陰暗，嘉陵擁被盤坐在沙發上。望著嘉陵，江杰一時竟忘了言語，只是怔怔地站在那兒。

「江杰，坐吧。」江嘉陵指指身旁空位。「我胃痛，站起來不太舒服。」她蓋在身上的被子巧妙掩飾了微微隆起的腹部。其實肚子仍不太明顯，就算站著也不大看得出來。

「嘉陵，妳身體還好吧？痛的很厲害嗎？」江杰過來坐下，關心問道。

「沒怎麼樣，你不用擔心。」江嘉陵淡淡回道。

「嗯……」江杰頓了一頓，決定切入正題。「嘉陵，公司本來要調我去大陸，不過我已經向公司辭職了，我決定要去南非念書！」

江杰說畢掃了嘉陵一眼，後者眼簾低垂，看不出心中正在想些什麼。

「離職前，我和程天群有一番長談。」江杰說到這兒又頓了一頓。「我向他說了妳搬來這兒的事，真是……自曝其短哪！」江杰輕揚眉毛笑了笑。江嘉陵發現，江杰眼睛還是像初見面時一樣好看，開闔之間總是那麼的神采奕奕、深邃懾人……

「我們兩人談了很久，討論國內外製藥工業的環境、優劣，也講了很多藥品研發的趨勢和前景，滿過癮的！」江杰微側著臉。「我們從前說話從沒有這麼投機過！嗯，好像一見面就要打起架來一樣！」

意識到自己似乎一直說個不停，江杰靜了下來。他看著嘉陵就只是坐在那兒，有禮、甚至是漠然地注視自己，胸口不由得一陣悶痛——這一次，他們兩人之間，彷彿隔著千山萬水……多少紅塵離合無情流過，難道自己真的繫不住嘉陵行將遠颺的步伐？

江杰強自鎮定，從緊貼胸膛的口袋掏出一張去南非的機票，把機票無言地遞給嘉陵。江嘉陵猶豫著並不接過，只是輕執機票一角。僅僅一角之地，江嘉陵已感觸到票上江杰殘留的體溫，以及那方寸之間傳遞來的江杰指尖的微顫！

「江杰，這個……你還是拿回去吧。」

江嘉陵聲若蚊鳴，江杰只是不語，和江嘉陵彼此目光對峙，互相拔河拉鋸。

「陵！」江杰終於開口了。「我什麼都安排好了，妳只要下星期搭上飛機就可以了！」

江嘉陵咬了咬嘴唇，垂下眼睛，手指鬆開了那張機票——剎那間，江杰卻把機票又快速塞回江嘉陵手中，轉過頭站起身來！

「不管如何，我都希望妳留著那張機票……」

江杰背對著江嘉陵，語氣低沉，她無法分辨江杰的表情。

「或許，到時妳會改變心意！」

江杰說畢即大踏步離去，拉開大門之際卻突然回首，若有所思。

「嘉陵，我一直很想知道：那一年，妳在火車站對我說的話，是真心的嗎？」

過了片刻，江嘉陵才抬頭迎視江杰，目光清澈。

「是真的……」

她嘴角現出一抹飄忽的微笑。

「只是，我們當時就再也走不下去了。直到現在，我才明白這一點，好傻！」

江杰一句話也沒說，凝視了江嘉陵好一會兒，彷彿以後再也看不到似的，看得那麼認真、仔細，似乎是要把江嘉陵整個人都深深刻在自己心版上。然後，猛一轉身，他走了！

「杰，再見！」

江嘉陵心底默默念著，把手中機票小心展平，熨貼在自己冰涼的面頰上。閉起雙眼，她臉上浮現虔誠恬靜的笑容。

19

「喀嚓——喀嚓——」

鑰匙在鎖孔中慢慢轉動，門開了！江嘉陵微覺驚訝，她本來以為天群一氣之下大概會換鎖的，沒想到……對於多時未見的丈夫，她心裡不由得浮起一陣歉疚與溫柔的悸動。

明知屋內無人，她仍是躡手躡腳地走向臥室，心虛的生怕驚動什麼似的。打開臥室的門，她赫然發現天群竟沒上班，正迷迷糊糊地倒在床上！

聽見房裡的聲響，天群睜眼看見自己了！江嘉陵連忙伸手掩住自己寬鬆衣服下的小腹，尷尬了好一會兒才吐出話來：

「呃……天涼了，我回來拿條毯子。」

「哦……」

無預期的忽然看見嘉陵，程天群心臟「格登」地猛跳一下！有點吃力地坐起身，他竭力保持自己的神志清明，但也不知該開口講些什麼……他發現才幾個月不見的妻子，感覺上竟已如此陌生了！兩人就這樣僵在那兒，雙方目光似觸非觸的，半晌兒一句話也沒有。

「你……沒去上班，身體不舒服嗎？」終於，江嘉陵打破沉默怯怯問道。

「嗯，好像吃壞肚子了，從昨天夜裡就上吐下瀉。」程天群一臉病容。「今天吃了藥，已經好多了。」

「吃壞肚子？」江嘉陵皺眉思索了一下。「天群，你昨天晚飯吃了什麼？」

「超市買的冷凍餃子。最近我常常吃，都沒問題的。」程天群回道。

「冷凍餃子？」

「對啊，放進水裡煮開了就舀起來吃，滿方便的。」

江嘉陵聞言「啊」的叫了一聲！

「天群，那樣子的餃子還沒全熟，難怪你吃了要鬧肚子！」

「沒熟？」程天群一臉狐疑。

「是啊！」江嘉陵又好氣又好笑。「你應該等鍋裡的水開了以後，再把餃子丟進去。等到水沸騰了大概三次，餃子才會全熟了！」江嘉陵不可思議地瞪視自己的丈夫。「天群，你真的不知道餃子要這樣煮嗎？」

程天群驚愕地搖搖頭。

「不知道啊……我從前單身時都吃外食的，很少買東西回家自己弄。」

江嘉陵看著天群睡得頭髮蓬蓬的，眼睛無辜地睜得大大的，神態宛如一個惹人憐愛的小男孩，自己心裡不禁柔軟下來——是自己沒在天群身邊，把他照顧好的……江嘉陵心疼又歉疚地走近床邊坐了下來，一臉擔心地瞧著天群，彷彿他肚子裡不知塞滿多少沒熟的餃子似的！

「天群，以後餃子可一定得照我說的煮法才能吃，知道嗎！」

「知道了！」程天群不好意思地抿了抿嘴，嘻皮笑臉起來。「原來我肚子早就該痛了，可見自己的腸胃還滿強健的嘛！」

一時之間，江嘉陵也被天群逗笑了！笑聲中雙方心弦互撞了一下，氣氛霎時有些異樣。程天群不自然地住了笑，江嘉陵也不自在地低下頭去……

「嘉陵，妳……要跟他一起去南非嗎？」聽的出來，程天群語調十分僵硬。

「不。」江嘉陵聲音輕輕的，程天群卻顫了一下。

「那……妳和他還有感情嗎？」

江嘉陵猶豫了片刻，房間內一片死寂——

「早就沒有了！」

清脆的一句，江嘉陵看見天群緊繃的五官，因為這句言不由衷的答案舒展開來！旋即，怨怒浮上他的眉睫——

「那——妳為什麼？」

江嘉陵把話硬生生截了下來。

「我不知道！」江嘉陵迅速地喃喃自語，整個人都心慌意亂。「天群，我很抱歉！我想，自己一定是個很軟弱沒用的女人！婚姻出了問題就弄得自己手足無措的。這時候江杰出現了，說要帶我走！我就迷迷糊糊的……我也不知道自己在幹什麼！」

自闢自解了一大串，江嘉陵這才感到胸中起伏的氣流緩和下來，不再衝撞著腦子嗡嗡作響。

兩人相對無言半晌，程天群唇角忽然上揚，似笑非笑。

「這陣子自己靜了下來，回想起自己從前的行為，有時候簡直像個小孩一樣，滿好笑的……」

「我也一直像個孩子一樣任性！傷害了很多人，自己都不知道。」江嘉陵幽幽接口。她看見天群注視自己的眼睛，裡面有一些些溫柔，是自己所熟悉的；也有一些些自己並不熟悉的東西，在天群眼波中閃爍不定。但，這些都已和自己無關了……她輕撫自己的腹部；自己，是再也回不去了……

「直到有一天，這個孩子闖了一個大禍！然後才愕然發現，自己已經不是個孩子了，可自己負不起這個責任……卻還是得硬著頭皮，把它收拾起來。」

說著說著，一股淚意衝上眼眶；江嘉陵霍地站起身來，走向衣櫃，東翻西找地搜尋起來——程天群還是坐在床上，覺得自己彷彿是浮在一艘船上，和嘉陵遙遙隔著一條河流，可望而不可即……他看見嘉陵緊咬的嘴唇、隱閃的淚光；看見嘉陵自衣櫃裡捧出一條雪白的毯子，面色就和毯子一樣蒼白，走得離自己越來越遠……他想張口叫喚、伸手招呼；但，心頭梗著些難受的東西，他終究是忍住靜止沒動——

驀地間，河邊女郎回首凝眸，朝自己這兒深深眺望。

「天群，我一定傷你很深……對不起！」女郎說畢轉身離去。「再見，天群！」

於是，浮在船上飄流擺盪的程天群，也不禁熱淚盈眶。

中正國際機場，一架架飛機起落繁忙。寬廣明亮的機場大廳，如潮人群來去匆匆，臉上多掛著掩不住的興奮神色。江杰也站在那兒，面容凝定，提著簡單行囊。

他就這樣一直定定注視前方，心頭那一絲蠢動殘存的希望，在看見楊茵茵款款走來時，終於無聲熄滅了。

「恭喜你，要出國留學了！」楊茵茵面帶欣然微笑。「江杰，祝你一路順風！」

「謝謝……」

江杰苦澀的口吻，激起楊茵茵同情的感觸。她憶起江杰從前意氣風發的身影，明亮的眼睛盛滿對未來的憧憬；不像現在，一身的蕭索落寞。

「這包東西……嘉陵叫我交給你。」楊茵茵把一個包裹輕輕遞給江杰。「她說你拆開看了以後，就會明白了。」

江杰被動接過包裹，卻楞楞的並不動手打開。

「唉，江杰，我還記得以前你在陽明山上說過的話！」江杰失魂落魄的樣子令楊茵茵有些難受，她試圖提振江杰的精神。「你說要出國去把別人先進的製藥技術都學回來，將來再中西合璧，對不對！」

江杰黑濛濛的深邃眼眸漸漸聚集出焦點，他有些靦腆地笑了。

「我希望能這樣，我會努力的！」江杰頓了一頓，似乎想再問些什麼，卻還是忍住了……他深吸口氣，挾緊臂彎的包裹。

「我該走了！楊小姐，謝謝妳來送我，再見！」

楊茵茵就站在原地，目送江杰轉身離去。想到這個孤獨背影曾惹起無數風波，甚至連她自己都差點捲了進去，不禁感慨萬千。

楊茵茵走近窗子，默默等候江杰的班機起飛，衝入藍色長空。她知道，和自己同車抵達，卻不肯進來見江杰臨別一面的嘉陵，這時一定也正在機場某處，靜靜等候看著江杰奔赴遠方未知的國度。

江杰身處機中，包裹始終端正擱在自己膝上，向機窗出神眺望。眼看著飛機慢慢越升越高、越升越高，最後終於突破厚重雲層，航於萬丈雲海之上。

鎮定住心神，他動手緩緩拆開膝上的包裹：一條雪白的羊毛毯掉了出來，還夾著一張短箋——

杰：

記得當我蜜月旅行，在巴黎的百貨公司見到這條羊毛毯時，我就曉得它在撒哈拉沙漠一定很管用！可惜掏錢買下它後，一直只能深藏家裡。現在，我把它送給你。真好！它終於有機會抵擋撒哈拉白天的驕陽、晚上的冰凍，還有欣賞到點點星子，密密麻麻堆在沙漠清澈如洗的夜空了……謝謝！

陵

一口氣讀完短箋，江杰激動的把這羊毛毯緊緊摟在胸前，毯上細緻的絨毛彷彿正暖暖地搔摩心底——嘉陵蜜月時，不就是自己最沮喪混亂的時刻嗎？在那個時候，自己人生的夢想早已拋諸腦後，徹底遺忘了……只有嘉陵，她還記得，替自己細細收存起這個夢想，堅信不移！只有她，在這個遼闊無邊的寂寞人世上，深深了解、珍惜著自己……

江杰哽咽了，卻並不想哭！他覺得自己好像沉睡了好久、好久，做了一場好長的噩夢，現在才醒轉過來。望向窗外陽光普照的燦爛銀空，他微笑了。

20

「鈴——鈴——」

鬧鐘準時於清晨六點尖聲響起，十餘年如一日。楊茵茵躺在床上惺忪醒來，腦海還是一片混沌狀態。呆了幾秒，清明意志才徐徐流入體內。她翻個身，反射性地抓過擺在床頭櫃的皮包，從裡面掏出血糖機來。

撕開鋁箔包裝的微感應片，把微感應片的 端插入血糖機中。伸出左手指頭抵在血糖筆上壓刺取血，指尖立刻漲出一顆豆大飽滿的深紅血珠！那一陣刺目的亢奮，趕走了全身所有的殘餘睡意。

楊茵茵把指上血珠小心滴在露出機外的微感應片上，血糖機的液晶顯示幕隨即顯示出血糖值來。登記完血糖值後，她再從皮包拿出胰島素、注射相關用品和注射位置圖。看著注射位置圖上的人形，今天自己輪到注射腹部。楊茵茵一邊看圖，一邊用手在自己腹部摸索對應的定點；突然一陣煩躁襲來，她縱容著自己仰天翻倒床上，只是楞楞地盯著天花板一動不動……

空氣中傳來爆炒小魚乾的鮮香味，肯定是顧媽在樓下廚房做早餐了！楊茵茵一躍起身，快手快腳地注射完畢胰島素，再把散置床上的相關物品「叮叮咚咚」全都掃進皮包裡！她隨手把皮包往櫃上一推，反正這些東西也用不了幾次了！輕鬆跳下床，想到即將實行的計畫，她不由得雙眉一掀，開心地笑了！

盥洗完畢正要下樓，經過嘉陵房門時，楊茵茵敲了敲門——沒人回應……她有些不安地推開房門，裡面空無一人。楊茵茵驚的轉身下樓，急促步伐敲得樓梯「格登、格登」響個不停！

「顧媽！顧媽！」

向廚房連叫數聲顧媽都沒聽見，只有抽油煙機轟然旋轉聲不斷傳來客廳。楊茵茵一跺腳，左右張望一番，樓下也沒有嘉陵蹤影，難道——心一懸，她衝出門去，只見滿山晨霧瀰漫。絲絲輕霧，半潔白半透明，就在眼前身側奔逐飛掠。楊茵茵茫然走了幾步，看見嘉陵立在院中，甫自凝神在畫架前作畫。她這才吁了一口長氣，舉步朝嘉陵走了過去。

江嘉陵一臉肅穆，全心浸淫在畫中世界。畫紙上淺鎘黃與白色的寬大筆觸刷遍天空，地面也塗上鎘黃、鎘紅系列以連接天地的色調。上方曙光的魚肚白和山窪樹影陰沉的黑漆色，使全畫黑白分明、層次有致。運用筆觸分割的技巧，江嘉陵把紅色與黃色各用小筆觸相鄰並列，遠看似橙色，卻比真正的橙色來得更為鮮豔！在陰影部分，她又堆積紫色、藍色等朝陽光線的對比色，使整個畫面充滿絢麗奇幻的燦爛氣氛……

「嗐，終於畫好了！」

江嘉陵輕吐一口氣，浮起愉悅滿意的微笑，看了看站在身旁默默賞畫的茵茵。

「昨天晚上躺在床上，老是心頭怔忡闔不上眼，輾轉失眠了大半夜才睡著。沒想到今天一早天還沒亮，我就突然醒了，好像有人叫我一樣！我楞楞坐起身來。那一刻，只感覺自己從頭到腳每個細胞都好想畫畫，當下背起畫架、用具就衝了出來！」

江嘉陵眨了眨眼。

「茵茵，我已經好久、好久沒有這種迫切渴望宣洩感情、靈魂到畫紙上的衝動了……現在，它居然又回來了！真是……太好了！」

江嘉陵聲調因欣喜興奮而微微輕顫，身上只披著一件薄薄的晨褸，楊茵茵注意到嘉陵腳上的鞋子都已被草地清晨的露水濕透了。

「嘉陵，妳一定畫了很久。瞧，妳畫中是太陽初升的情景，現在可都已是旭日高掛了！」

「嗯，我根本忘了時間的存在，只是埋頭一直不停地畫、不停地畫……心裡堆積好久的焦慮、悲傷通通不見了，自己一點雜念也沒有！」江嘉陵輕嘆口氣。

「朝陽真的很美，好像魔術棒一樣，把沉睡的大地萬物一剎那間都點醒了！每個角落都生氣勃勃起來！」江嘉陵若有所思。

「從前我每次看到別人抱著嬰兒都好羨慕，自己心裡也有這種感覺——似乎只要小嬰兒的小嘴一彎，整個世界也跟著笑了起來！」

江嘉陵看了茵茵一眼，眼底含著鄭重與堅毅。

「茵茵，我決定要生下這個孩子！」

「什麼？」楊茵茵腦海震盪一下。「嘉陵，妳……」

「我知道，自己決定生下這個孩子，要忍受很多的責難與非議。」江嘉陵浮起苦笑。「其實，我並沒有那麼清高。既不是不忍心墮胎，也不是要勇敢承擔自己的錯誤。我只是……很怕！真的很害怕……自己如果錯過了這一次，不知道還要等多久才能再有機會當媽媽？」江嘉陵聲調暗了下來。楊茵茵聞言心中一抽，想開口安慰——說不定這小孩是天群的，可能可以挽救你們的婚姻裂痕？但轉念一想，又覺得自己這念頭實在也是傻的可以了！

「嘉陵，我已經跟阿倫說好了，妳隨時可以去上班。看來，妳得趁生產前努力工作，多存點奶粉錢了！」

楊茵茵的話語振奮了江嘉陵的精神。江嘉陵挑起眉毛、綻開笑靨，伸手往前一抓——

「對，管它的！反正往前闖闖看，走一步是一步了！」

楊茵茵也學嘉陵伸手往前一抓——只抓住一絲涼涼的飛霧……她突地打個冷顫，白霧迅即從手指縫隙溜逝而去！

「將來我的孩子長大後，我一定要讓他看看這幅畫，告訴他畫裡面的故事。」

嘉陵兀自叨叨的話聲在楊茵茵耳邊響起，把楊茵茵適才走岔的心思又拉了回來。

「說不定他看了以後，還分不清這到底是朝陽，還是夕陽呢？」楊茵茵笑著撇了撇嘴角。「像我拍攝的這類作品就常常會被觀賞的人問這種問題。其實，日出和日落的景緻是很相似的……」

楊茵茵臉上泛起孩子的淘氣神情。

「有的時候我會在想，當我們住在地球這個半球的人，看到太陽『咚』的一聲掉下地平線了。或許另一個半球的人，也正好看見太陽『咻』的一聲冒出來呢！」

江嘉陵被好友的調皮話逗得「咯咯」笑了起來。但她旋即收住笑容，認真地揣起茵茵的雙手。楊茵茵十根手指上的斑斑針痕清晰可見，但她坦然讓嘉陵注視著它。

「茵茵，和妳住在一起以後，我才深深了解妳日常生活因為有病而遭遇了些什麼事情，但是妳都那麼有恆心、毅力地堅持下來。和妳比起來，我真的是太差勁了！」

江嘉陵雙眼隱閃淚光。

「不過，妳放心。從今以後，我會一直努力，要像妳一樣這麼堅強才行！」

楊茵茵笑了，靈動大眼彎成柔和的弧線。原本滿山遍谷的寒霧，已隨著旭日高升漸趨稀薄，不知不覺消散於天地之間。

21

長方形的大房間，地上到處散置著零落物品。楊茵茵盤坐其中，常常深呼吸喘個不停。動手收拾之餘，一陣陣突如其來的惡心腹痛，每每逼使她緩下動作休息片刻。

江嘉陵敲門進來。經過一個漫長舒服的午覺，她全身上下都散發慵懶的嬌媚氣息。

「茵茵，妳還在收拾啊？」江嘉陵邊說邊跳進床邊的鬆軟沙發。

「嗯，都是些沒用的東西，早該收拾丟掉了！」楊茵茵把一疊東西塞進硬紙箱，準備搬出去扔掉。江嘉陵注意到茵茵臉色潮紅，神情倦怠。

「茵茵，身體不舒服嗎？要不要叫顧媽回來？」江嘉陵關心問道。

「不用了，只是最近換了一種新藥的副作用而已！」楊茵茵笑著眨了眨眼，長長的睫毛在眼窩投下一輪半圓陰影。「這幾天就讓顧媽安心回家吧，反正是我主動放她大假的。」

「哦！」江嘉陵斜躺在沙發上，兩眼正好對上頭頂天花板的玻璃吊燈。「我也好像應該收拾收拾東西，計畫一下未來了！」

「不急嘛，再多陪我幾天！」

江嘉陵聞言頑皮地掃了茵茵一眼。

「茵茵不要急！以後我陪妳有的是時間，妳想擺脫我這個麻煩都擺脫不掉呢！」

楊茵茵聞言默然半晌；江嘉陵繼續說道：

「茵茵，這段日子發生了好多事情。現在仔細想想，才不過幾個月的時間而已，我卻覺得似乎過了好久，自己好像一下子老了十歲一樣！」

「嗯，」楊茵茵輕聲附和。「時間是個很奇怪的東西……」

江嘉陵長吁一口氣，霍地坐起身來。

「算啦，別再想了！」她轉頭看看牆上的掛鐘。「哎呀！茵茵，妳該打針了！」

「啊！對哦……」楊茵茵站起身，走到床頭櫃拿皮包。「嘉陵，我到洗手間去打針，順便上個廁所。」

楊茵茵走進洗手間，小心扣上門鎖。她採集了些自己的尿液，從洗手台的鏡子背後取出一小條試紙，再將試紙末端浸入尿液兩秒鐘。十餘秒後，試紙顏色變成泛紫的深紅色。楊茵茵把試紙丟進馬桶沖掉，打開門走了出來；一邊整理東西，一邊說道：

「嘉陵，妳還記得我們去過的那個小漁村嗎？」

「記得啊。」

「明天我們再去一次好不好？晚上就住在那兒的小旅舍，要不然趕回台北太晚了。我明天會叫顧媽回來看家的。」

「好啊，反正我也滿懷念那兒的！我先回房了，妳慢慢收東西吧。」

江嘉陵起身往外走；她一推房門離開，楊茵茵就停下了手邊的動作；過了半晌，仍然若有所思地注視那扇半開半閉的房門。

隔天傍晚，顧媽坐在客廳裡，沒來由的有些心神不寧，心裡直犯嘀咕。門鈴突然響起，她一跳而起奔去開門；門開處，顧媽喉頭一陣嘟囔——是……程天群？

「嗨，妳好。」程天群表情有點尷尬，懷裡揣著一包東西。「嗯…我帶來一些嘉陵的衣服。我想，她大概會用得著。」

「嘉陵…她和茵茵去海邊寫生了，不在家耶。」顧媽回道。

「哦……」程天群聽來有些失望。「那…我把東西留在這兒，麻煩妳轉交給嘉陵好嗎？」

「嗯，」顧媽頓了一頓，隨即嘻嘻笑了起來。「沒關係，你進來坐坐吧！說不定她們待會兒就回來了呢！」

顧媽引程天群進門坐定，自廚房端上一杯滾燙熱茶。

「這些時候太太到美國出差不在家，多虧嘉陵住進來和小姐作伴。她人溫柔又秀氣，真是討人喜歡哪！」顧媽熱心說道。

「嗯，謝謝。」程天群聆聽之餘只得唯唯稱是，舉起杯子一口一口不住地喝茶。

「最近幾天我們太太就要回來了，嘉陵也不用為了陪茵茵特別待在這兒。就像現在這樣，自己很多東西都不在身邊，日常生活真是滿不方便的！程先生，不知你打算什麼時候來接嘉陵回去啊？」

顧媽說完就直著眼猛瞧程天群。程天群沒料到對方有此一問，乍聽之下一口熱茶差點燙到喉嚨，當下就「咳、咳」地咳將起來，慌得顧媽趕緊又去廚房端來一杯冰水。

「喝點冰的，中和一下就好了！」

顧媽感興趣地瞇眼看著程天群；盛情難卻下，程天群只好吞了一口冰水。顧媽滿意地笑了笑，又再沉吟了一會兒。

「嗯，上次茵茵住院的事，本來我也很奇怪，為什麼一向不喝酒的她會忽然喝了那麼多酒？」

程天群聞言臉紅心跳起來，也忘了喉嚨還在發疼，端起熱茶又啜了一口。

「後來我才知道，那天茵茵是想起她爸爸來了！一時激動，才會喝了那麼多酒！」顧媽搖了搖頭，花白髮絲在耳旁飄盪。「這麼多年來，小姐和她爸爸父女兩人就像是陌生人一樣。小姐只要一想起她爸爸，心裡頭就好一陣子不能平靜……嘖嘖！離婚的殺傷力可真大啊！」

程天群在沙發上扭動一下身子，開始坐立不安起來。看著面前絮絮叨叨，難辨話裡真假的老太太，他漸漸懷疑自己進門等候是個錯誤的決定？

「說起我們家茵茵，長得可真漂亮，就像個洋娃娃一樣！可惜就是不愛笑……這大概和她身上有病，又從小沒有爸爸有關係。唉，真是！天下事有什麼會過不去的，離婚幹嘛？」

「我想，茵茵一定長得很像她的母親！」程天群此時平白扯出一句，終於打斷了顧媽若有所指的長篇大論。「茵茵的母親應該也長得很漂亮才對！」

「嗯，這是真的！」顧媽點點頭，眼睛忽地一轉。「不過……茵茵她爸爸可也很英俊呢！」

客廳四周擺設了幾張照片，程天群下意識的眼光搜尋一番，被顧媽揮揮手阻止了。

「你不必找啦，家裡連一張茵茵爸爸的相片都沒有！不過……」顧媽意味深長地看了程天群一眼。「我曉得還剩一張，從來沒跟任何人提過……來，我拿給你看！」

顧媽引領程天群上樓，來到一個裝潢雅潔貴氣的房間。程天群遲疑著站在門口，只見顧媽直走進房間，停在懸掛純白紗帳的床褥旁邊。她彎下身子，拉開鑲嵌螺鈿的床頭櫃抽屜。抽屜裡堆著一些雜物，她一一撥開，最後現出一層猩紅色天鵝絨的墊底。揭開天鵝絨，顧媽從抽屜裡取出一個年輕男子的獨照。木頭刻花的相框原本應該有稜有角，現在卻潤澤圓滑，看的出這是因為多年來有人不斷摩挲撫摸的關係……

「這就是茵茵她爸爸的照片。」顧媽慎重的把照片遞給程天群。程天群有些心慌，一時竟忘了仔細看清像中人的樣貌。

「這裡……是我家太太的臥房。」

「哦！」程天群心底震了一下！

「很多年前，我打掃房間，放東西進抽屜時，無意之間發現這個。我誰也沒提……」顧媽幽幽說道：「現在，它仍然還在那兒。只是，像中人早就已經頭髮斑白了。」

程天群想問什麼，但忍住了。握著相框，他調頭望向窗外；滿山樹影蒼茫，天色越來越暗了……他心裡忽然升起一股想念嘉陵的強烈思緒——嘉陵，妳現在到底在哪裡呢？

躺在海邊旅舍簡陋的房間裡，江嘉陵忽然醒了，耳畔只聽到半夜冷雨敲窗的淅瀝聲。她轉頭看看身旁，心裡一突——茵茵不見了？

「茵茵！」

江嘉陵張口叫喚，聽見自己的聲音在數坪大的小房間裡游走一圈，漸漸落成怕人的沉默……

她急急翻身起床，拉開洗手間的木門——沒人……她瞥見擺在床邊茵茵的那個皮包，慣常裝著茵茵所有的糖尿病隨身用品。現在，那只皮包就孤伶伶地立在那兒……江嘉陵剎那間腦中電光一閃。她一步步走近前去，把皮包一把扯開——空的！

一股寒意竄上背脊，江嘉陵只僵了半秒，就立刻衝出房間、衝出旅舍，狂奔在漁村深夜漆黑無人的街道上！屋外風雨瀟瀟，雨水順著她的髮梢滴滴下落……她鼓足勇氣，牙齒卻不自禁「格格」地上下打戰。奔出漁村、奔過公路、衝進沿海的沙灘——遠遠的，她就看見茵茵一身白衣白裙地躺在那兒……在墨黑的夜色中，顯得格外突兀刺眼！

「茵茵！」

茵茵沒有回答，似乎安祥地睡著了。一綹瀏海拂在額頭，全身衣服都被雨打濕了，緊緊貼住皮膚，襯得茵茵是那麼的蒼白瘦小。江嘉陵抖著手，摸了摸茵茵的臉頰——好冷！冷的像冰一樣！

「茵茵！」

再次呼喚，江嘉陵語調已帶哭音——沒人回答……只有雨聲混著一起一落的潮汐巨響，在她整個腦海裡「轟隆隆」地滾動迴盪！

江嘉陵費力地半拖半抱住茵茵，咬著牙，一步步向海岸公路艱難走去。明明是近在咫尺的公路，此刻看來卻有如遙隔天涯！江嘉陵眼前金星亂冒，感到大腿內側有溫熱液體徐徐流下。快走到公路時，她恍惚間看見有兩道刺目車燈由遠而近逼射過來。她想高聲叫喊，喉頭卻像梗住了叫不出聲；身子一軟，她和茵茵雙雙癱倒在水淋淋的沙灘上……

尾聲

「小姐！小姐，快醒來啊！」

江嘉陵迷迷糊糊睜開眼，只看見一片白色橫在眼前。醫生和護士站在江嘉陵的床邊，輕聲呼喚著她。

「小姐，妳在路邊昏倒了，被經過的車子送到醫院來，妳記得嗎？」護士問道。

江嘉陵茫然搖搖頭，想試著坐起身，才發現自己虛弱的連抬腿都有困難。

「小姐，妳別動！妳失血過多，肚裡的小孩已經流掉了……」醫生說到這兒頓了一頓，看了看江嘉陵蒼白委靡的神色。「不過妳放心，好好躺著休養幾天就沒事了。」

「小孩沒有了！」

這個念頭在江嘉陵腦裡一閃而逝，隨即心中就一片空白，只是愕然凝視醫生繼續一開一闔的嘴巴。

「嗯……」醫生沉吟了一會兒。「關於和妳在一起的那位小姐，由於她身上沒有任何證件，所以我們需要妳的協助，好通知她的家人把她給領回去。」

「領回去？」

這三個字在她空白的腦海中漸漸擴散……從醫生和護士兩人欲言又止的表情裡，慢慢的，她似乎了解這是怎麼回事了。她眼睛驚恐地睜大，嘴唇開始軟弱地抖個不停！

「那位小姐和妳同行，妳應該知道她有糖尿病吧？」徵詢般地看了江嘉陵一眼，醫生繼續說道：

「她的死因是糖尿病酮酸中毒，這是停止施打胰島素一段時間後，體內血糖值急劇升高產生的必然結果。看來那位小姐已經好幾天沒打針了，她應該是故意的！」

「茵茵……她！」

江嘉陵的胸口開始因哽咽劇烈起伏。猛提口氣，她想開口說話，卻語不成聲，只能「嗚哇」地迸出一把清淚，點點灑在醫院漿得雪白的被單上……

依山面海的一處緩坡，地勢開闊。坡上的青翠草浪，隨著海岸吹來的陣陣勁風不斷左右翻飛。一塊塊方正的大理石墓碑，在斜陽掩映的草叢中整齊排列著，靜靜面對滿天火紅的晚霞。江嘉陵默默佇立在茵茵墓前——茵茵的母親、父親、顧媽、阿倫，這些茵茵生命中重要的過客都已走了……個個懷抱沉鬱的心情，或是悲痛、或是唏噓。只有自己，猶在這裡徘徊低迴，不忍離去。

「嘉陵！」

江嘉陵轉頭一望，帶著些意外的表情——是天群！他什麼時候來的？

「我在下面看了妳很久，終於決定上來了。」程天群和江嘉陵四目相對。

「這兒風大，別站太久了！妳身體才……」程天群有些尷尬地頓了一頓。「嗯，妳得要好好調養才行。」

「嗯，」江嘉陵點點頭。「我只是想再多陪茵茵一會兒。」

程天群注視著墓碑，潔白的大理石隱泛一層瑩然光澤。

「茵茵她……」程天群語調黯然。「這究竟是為什麼呢？」

「茵茵她過去的時候，依然很美麗。」江嘉陵悄聲說著：「我想，她希望留在我們心目中的印象，能夠永遠都是那麼美麗、那麼無瑕吧！」

江嘉陵轉過身，眼前就是一片無拘無束、自由開闊的大海，正澎湃洶湧地躍動不息——她微笑了……

「茵茵最喜歡海了！現在她可以日日夜夜地看著大海，不會錯過它一分一秒的景色變化！」

「唔……」程天群凝視遠方海天堆積層疊的雲浪。「就像現在，夕陽是很美的，尤其是在海邊！可惜…總是多了那麼一點落寞蕭索之氣。」

「不，天群！你看到前方遠遠的那道海平面嗎？」

江嘉陵伸手遙指，雙眼晶亮。

「當這輪夕陽落下海平面後，在地球的另一邊，它就馬上變成光芒四射、旭日東升的朝陽了，只是我們兩人看不到而已！」

程天群不解地注視嘉陵——這段日子，嘉陵實在是遭遇了太多事情，她太倦了……程天群憐愛地脫下外套，披在嘉陵略顯瘦削的肩膀上，兩人在清冷海風中相依相偎。掛在天際的殘陽，正向一望無際的海面投射萬道金光，似乎能隨著無遠弗屆的潮汐，傳送到世界上的每一個地方。

全文完

一九九六年二月十六日完稿
一九九六年八月八日一修完
一九九八年十二月十三日二修完
二〇〇一年六月十日三修完
二〇〇三年八月十日定稿

後記

這是我的第一本小說，直覺上，我就覺得它是一個秋天的故事。

寫這本書的過程很辛苦，像是快溺水的人在游海峽長泳一樣，整個人的心境也越來越沉重灰色，因為，它不是一個快樂的故事。

當初寫作的靈感來自於高中時英文課本的一課，裡面講幾個孩子每天黃昏，在自家向山上眺望時，總是凝視著那棟在山上的房子，那棟有著「黃金之窗」的夢幻之屋！有一天，他們終於下定決心了，費盡氣力爬上山去，那一剎那，他們只看見一棟破舊的、被人遺棄的荒廢屋子！正驚訝、失望間，一個孩子喊著：「你們快看！」順著他手指方向往山下看去，山下也有間「黃金之窗」的夢幻之屋！那正是他們自己住的屋子。原來，夕陽照射在窗玻璃上，就是「黃金之窗」的原因。

那時自己讀了之後深受感動，一讀再讀，箇中原因自己並不清楚，當然不是因為故事裡看似淺白的八股含意。事隔多年後自己懂了，因為，這是一個講述「追尋」的故事。而「追尋」，正是古來流傳的許多故事原型之一，含有觸動人類心靈的力量。

這也是一本講述追尋的故事！就我而言是這樣的，但那並不重要。自己是個喜歡聽故事的人，知道故事的魅力在於它是活生生的，在每個聽眾的心版上都自有一番不同的感受與詮釋。只要聽過這故事的人覺得有心靈共鳴的感覺，我就滿足了。

這本書寫成於很久以前。其中但尼生詩句的中文譯句非出自我手，源於《英美名詩一百首》的孫梁譯文。感謝好友桂的熱心協助，提供參考與指正意見。感謝我父母的溫暖支持，沒有他們，這本書的寫作過程會更加寂寞艱辛，謝謝！

國家圖書館出版品預行編目資料

夕陽無限好／透明水滴 著 -- 初版. --
新北市：集夢坊，2011.09
面；　公分
ISBN 978-986-83913-3-8（平裝）

857.7　　100014291

集夢坊

夕陽無限好

出版者●華文自資出版平台．集夢坊
作者●透明水滴
印行者●華文自資出版平台
出版總監●歐綾纖
副總編輯●陳雅貞　　美術設計●曾書豫
責任編輯●吳良容　　內文排版●陳曉觀

郵撥帳號●50017206采舍國際有限公司（郵撥購買，請另付一成郵資）
台灣出版中心●新北市中和區中山路2段366巷10號10樓
電話●(02)2248-7896　　傳真●(02)2248-7758
ISBN●978-986-83913-3-8
出版日期●2011年9月初版

全球華文國際市場總代理●采舍國際 www.silkbook.com
地址●新北市中和區中山路2段366巷10號3樓
電話●(02)8245-8786　　傳真●(02)8245-8718

全系列書系永久陳列展示中心
新絲路書店●新北市中和區中山路2段366巷10號10樓　　電話●(02)8245-9896
新絲路網路書店●www.silkbook.com
華文網網路書店●www.book4u.com.tw

本書由著作人自資出版，委由全球華文聯合出版平台發行

本書採減碳印製流程並使用優質中性紙 (Acid & Alkali Free) 與環保油墨印刷。

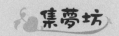